滋养

河南文艺出版社
·郑州·

图书在版编目(CIP)数据

滋养/林然著. —郑州:河南文艺出版社,2017.11
(2019.9 重印)
ISBN 978-7-5559-0626-1

Ⅰ.①滋…　Ⅱ.①林…　Ⅲ.①散文集−中国−当代
Ⅳ.①I267

中国版本图书馆 CIP 数据核字(2017)第 274733 号

ZIYANG

出版发行　河南文艺出版社
本社地址　郑州市郑东新区祥盛街 27 号 C 座 5 楼
邮政编码　450018
承印单位　三河市兴国印务有限公司
经销单位　新华书店
开　　本　890 毫米×1240 毫米　1/32
印　　张　8.75
字　　数　194 000
版　　次　2017 年 11 月第 1 版
印　　次　2019 年 9 月第 2 次印刷
定　　价　39.00 元

序言　身边的山水

陈峻峰

青山，绿水，蓝天，红城，古藤，幽兰，花树，光影，岁月，亲情，当你面对林然和她诗意缤纷的文字意象时，你只能想到一个词：滋养。

生活不在别处，诗也不在别处，就在大别山的山南水北，在鄂豫皖革命老区新县的湾地坡畈，在田铺、刘咀、韩山、西河、丁李湾、毛铺、梅花村、界岭寺、柴山保、江淮岭、清风岭、白沙关，在会唱歌的桂花树中，在叶子金黄的古银杏中，在兰花淡淡的馨香里，在杜鹃烈烈的燃烧里，在紫藤攀缘的绝壁上，在蜡梅血色的花瓣上，在一枚茶叶的禅意间，在一声鸟鸣的音色间，在与爱人的长相厮守时，在与亲人的陪伴拥有时……

由此你的人生获得了滋养，身体的，更是心灵的；日子获得了滋养，清淡的，更是绵长醇厚的；文字获得了滋养，词语的，更是诗意丰沛的。

也许最朴素的情感，才是最妥帖的情感；最近的风景，才是最美的风景；最平常的生活，才是最心仪的生活；最简单的爱，才是大爱；最优秀的写作者，不是张狂虚妄，而是充满敬畏和感恩，将细水长流的日子排列成诗歌或散文，独自吟诵，娓娓道来。

一以贯之，而文如其人。林然和她的文字，向来都保持着属于她的那份纯净、唯美、优雅，并充满深情和挚爱。蕙质兰心，亦接地气；清水芙蓉，又灵动鲜活。既质朴，又丰茂，仿佛每一次书写，都是第一次看见，一切古老的景物，都历久弥新犹如千百回挽着爱人的手，都有初恋的感觉；又像眼睛里的女儿，永远长不大。包括她自己，也孩子似的，快乐、单纯和天真，尽可能远离世俗，免于世故，起码在文字里，她想让生命回归简单，让时光悠长淡然。她对这个美好的世界，从来没有喜欢够，也从来没有爱够，需要慢慢品味，缓缓打开，次第展现，悄然绽放。因此你分不清这山水里、花树间、旅途中、家庭里的那个女子，其多重身份——诗人、散文家、行者、妻子、母亲，哪一个是地上的她，哪一个是云朵里的她，哪一个是真实的她，哪一个是飞翔着的她，于是我们，读者，文朋诗友，所有人——与林然的文字偶然相遇，便会有所体悟和觉醒……

身边的山水，足够滋养一生；身边的人，足够深爱一生；身边的物事，足够写作一生。

行到水穷处，坐看云起时，未必没有诗和远方，没有怀想。如梦里江南、西子湖畔、路桥书院、玉门春风、高山流水、梁祝化蝶、日本樱花，那遥远的诱惑和召唤，那朦胧的烟雨和传说，那异域的风情和文化，那奔驰的骏马和列车，让林然情思飞动，身心跃动，每每是身体尚未出发，故乡与亲情的牵念已装满行囊。

一日三秋，归心似箭，匆匆去，匆匆回。而每次归来，闻见故土的泥香、树香、花香、草香，望见山湾的庄稼、炊烟、老牛、白鹭，听见老家的风声、水声、方言，她都不可遏制地泪流满面。想一下子扑倒在大山的怀里，扑倒在涧溪的怀里，扑倒在亲人的怀里，或者，就那样，醉倒在泥土上、花丛中、家门口。

是的，"江山信多美，此地最为神"。生活不在别处，诗也不在别处，就在这里——你身边的山水，近处的风景，日常的生活，简单的爱，细水长流的日子。

况且据我所知，林然还有一座家族的丰足记忆仓库尚未打开。那里有她的前世，有她的今生，有她的血脉由来，有她的生命去向，有岁月潜藏的秘密，也有她孜孜不倦的艰辛求索。在生养她的大别山，在新县，还有那么多她没涉足的山、没蹚过的水，还有那么多她读不懂的山褶水纹、猜不透的鸟语花香，还有她未知的历史散页、不解的岁月谜团，还有底层的贫病和疾苦、民间的诉求和企望，还有没打开的善良心扉、没讲述的人间故事，还有崇高、神圣、牵挂、执念……

那样呈现、表达、讲述，娓娓道来，不言其微，不示其弱，一如山涧小小的流溪，虽"莫利于世，而善鉴万类，清莹秀澈，锵鸣金石"。在我们这个充满欲望和人心浮躁的时代，一个苦难奋起的民族，不仅需要黄金般坚硬质地的国力基奠，更需要优雅的文字洗礼、精神的滋养。

这让我足以相信，我们写下的每一个字，都是有意义的：传承的意义，血脉的意义，寻找的意义，彰显的意义；相信那每一个独具审美的文字就是一滴水，或温情如玉、细软如酥、润物无声，或蒸发为云、为雨、为霓虹，或汇聚成溪、成川。它们浩浩荡荡，激荡奔流，波澜壮阔，经过淘洗、荡涤、滋养、化育，人类就无尽拥有了这丰饶大地，姿彩生命，自然气象，美善内心，诗意栖居……

林然说,我依然相信。是的,我相信。

2017 年 4 月 12 日　南京

（陈峻峰,中国作家协会会员,河南省作家协会理事,信阳市作家协会主席。）

4

目　录

滋养

第二辑　陪伴

第三辑　拥有

滋养

第一辑 呈现

李良斌/摄

这丰饶大地,姿彩生命,自然气象,美善内心,诗意栖居……无一不是从身体到灵魂的滋养。

诗意栖居

一

此地的山有别于他山,故曰:大别山;此地不同于他县,故曰:新县。

须晴日,天空湛蓝如洗,大地披彩流金。四周青山,葱郁苍翠,层峦叠嶂,俊秀挺拔。灵秀的山城掩隐其间,美丽的倩影倒映在清澈的小潢河上,微风习习,漾起层层涟漪。

夜晚,华灯初上,光影迷离,天空辽远,碧月无尘。

皎洁的月光给小城笼上了一层薄薄的轻纱,灵动、秀美、端庄、祥和。

忽然想起极富诗意的一句话:现世安好,岁月静美。

二

沿着作家沈靖《刘咀清弹》的笔迹,我走进了卡房,走进了刘咀。

我走得有些迟疑,面对刘咀,面对一棵古银杏树,我有些诚惶诚恐,这棵银杏树怀着一种信念在此坚守了千年。

　　茅盾的弟弟沈泽民也在这棵银杏树下坚守着他的理想和信念,最后把英魂留在了这里。

　　刘咀的土地是厚重的,有烈士深深的真情和厚意。

　　起风了,风是轻柔的,缠绵的,多情的。它从遥远的年代吹来,在刘咀,在虎头山的上空久久地萦绕不散。

　　风过处,田野绿了,山川绿了,就在那万绿丛中,漫山遍野的杜鹃花笑了。

　　刘咀啊刘咀,我也轻轻一笑……

三

　　如果在下雨的时候去田铺大塆赏荷,那一定别有一番景致。

　　坐在荷塘的最高处,荷塘美景尽收眼底。层层梯田被田田的荷叶覆盖,葱绿的荷叶托出朵朵娇羞的荷花,像亭亭玉立的仙女,在烟雨蒙蒙中翩翩起舞。

　　泡一盏清茶,品着香茗,看轻柔的雨丝与荷缠绵、亲吻,心里颤动的欣喜无以言说。闭上眼睛,听雨打莲蓬的美妙声音,风吹过,阵阵清香,沁人心脾,如梦似幻,令人沉醉不已。

四

　　是一阵风把我吹到了韩山。

四月的某一天,霁雨。紫藤花开了,不早也不晚,它繁盛的花事恰好被我赶上。

韩山被苍翠的绿覆盖,就在那一片绿中,紫藤花梦幻般的色彩,夺目而出,瞬间迷离了我的双眼,醉人的清香在四月的韩山上空氤氲……

走时,摘一片紫色的花瓣轻轻地放在《诗经》里,梦中,一阕小令款款地向我走来……

五

丁李湾,每次想起都让我心动的村落。

古朴、典雅是她的名片。

互助、友爱、勤俭是她的内涵。

置身其间,仿若误入陶渊明追求的世外桃源:夹岸数百步,中无杂树,芳草鲜美,落英缤纷……

沿池塘漫步,和风细细,波光粼粼,游鱼欢耍,鸥鸟飞翔,百花竞妍,清香扑鼻……

不由一笑,丁李湾的百姓比陶渊明幸福。

六

我喜欢黄昏的时候去西河,这个时候的西河最美。

夕阳给西河披上了金色的外衣,阳光透过斑驳的树影把柔和的光线投射在潺潺流动的河面上,河水清澈,溅起的浪花跟光与影巧妙地糅和在一起,像一幅晕染的水墨画。

宛在水中央,掬一捧清凉的河水,身心爽到了极致。低头,任自己的倒影揉碎在水波间,把梦也沉淀于此。抬头,听鸟儿歌唱,看鸥鹭翩飞,忽然就觉得,江湖远了,喧嚣远了,此时此刻,我也不再是我……

七

突然就邂逅了一场雨,在钱大湾。

是那种慢慢飘洒的细雨,淅淅沥沥,烟雨蒙蒙。

撑一把油纸伞,立于小桥之上,天地悠悠,只此一人,静谧,安闲,恍若隔世。

眺望,青山如黛,云雾升腾,缥缈虚幻,仿佛置身人间仙境。

桥下,流水潺潺,被雨水溅起的水花像绽开的银色花朵,那雨声却是温柔的,缠绵的。

情不自禁就唱起了一首歌:"天青色,等烟雨,而我在等你……"其实,不是为了等谁,而是为了等红尘之外,那个让我感动的自己。

八

登上白沙关,忽然就有了"一夫当关,万夫莫开"的气势。

一棵粗壮的枫杨高大挺拔,静静地矗立关口,身上伤痕累累,仿佛历经沧桑,随风摆动的枝丫发出沙沙的声响,我似乎听懂了,为之肃然起敬。

沿着光滑的青石板向她的纵深处迈进……

人声鼎沸,熙熙攘攘,商队嗒嗒的马蹄声,"万人暴动"轰隆隆的枪炮声,忽远忽近……

回头,这些历史的沧桑在岁月的烟雨中,渐行渐远……

九

雨后的毛铺是清亮的,静谧的。

在土门关古道上漫步,犹如走在蜿蜒的宋词里,心中突然生发一种谦卑、敬畏之情。把目光投得更远些,穿越千年的沧桑寻觅,这时,从时光最深处匆匆走来清雅的东坡居士……

又下雨了,缥缈的云雾似薄薄的轻纱把毛铺笼罩,在缭绕的云雾中,村庄似有若无,让人如坠虚幻之境。

这个时候,什么也不用想,把红尘抛在脑后,静静地坐下来,看竹林摇曳,然后,闭上眼睛,听雨参禅。

滋养

这是一次由身体到灵魂的滋养,在这个万物凋零的初冬时节。

——题记

桂花飘香

《八月桂花遍地开》把我吸引到了这里。

这首近百年来响彻大江南北的红色音乐经典,被一代又一代人传唱。

岁月风云,历史画卷在我面前徐徐铺展开来。

柴山保的大朱家,一个不起眼的小山村,在那个动荡不安的烽火岁月,却掀起了一场惊天动地的革命运动,像燎原之火,瞬间燃遍了大别山,燃亮了人心。

1929年农历八月的柴山保大朱家,注定是不平凡的,注定要成为后人缅怀和追忆,不能忘记也无法忘记的地方。

在这里,光山县工农兵民主政府宣告成立,1930年春改建为光山县苏维埃政府。这是鄂豫皖苏区建立的第一个县级苏维埃政权,是鄂豫皖第一个革命根据地。

那是个动荡不安的年代,军阀割据,战火频仍,民不聊生,哀鸿遍野。

然而,在柴山保,却是另一番景象:天地金风送爽,山野丹桂飘香,男女老少兴高采烈,载歌载舞,欢唱着以大别山民歌《八段锦》为曲调改编的《八月桂花遍地开》……

遗憾的是,历史远去,我也来晚了。现在是初冬,万物萧瑟,桂花已落,看不见的风在山林间沙沙作响,但阳光很好,暖暖地照在身上。阳光下,我静静地伫立在一棵桂花树前,所有的语言被隐遁在时间之外,面对花期已过的桂树,这或许是我表达怀念和敬仰的唯一方式。

我别无选择,就像我注定是大别山的女儿。

一阵风吹过,仿佛有桂花的清香在空气中弥漫,真的是桂花的清香吗?隐隐约约,若有似无,《八月桂花遍地开》的歌声在山前、山后、树林、村庄、河塘、水湾响了起来——

　　　　八月桂花遍地开,
　　　　鲜红的旗帜竖呀竖起来。
　　　　张灯又结彩呀,
　　　　张灯又结彩呀,
　　　　光辉灿烂闪出新世界。
　　　　亲爱的工友们呀,
　　　　亲爱的农友们呀,
　　　　唱一曲《国际歌》,

庆祝苏维埃……

梅花村

有人说,爱上一个地方,常常是因为那个地方有你牵挂的一个人。

可是我呢,为什么喜欢这里?

其实很简单,或者仅仅就是因为这座山里的村子有一个清雅的名字:梅花村!

梅花,这是何等诱人的两个字。

当我远离物欲与尘嚣,来到了这里,眼前为之一亮,梅花村果然与众不同。它依山临水,平坦开阔,秀丽俊美,草木繁荣;阳光明媚,风柔鸟欢,栋栋别墅,精巧别致,干净整齐……

梅花村真是天地造化的宠儿,是人间的世外桃源。

梅花村自然少不了梅花,我四顾张望,然而,没有见到想象中的梅林。我感到有些遗憾,却不甘心,依然把找寻的目光投向四周。

在湖边,果真有一片梅园,虽不大,却尽显勃勃生机。

我一阵欢喜。看着这些形态各异的梅树,一些意象生动地在脑海浮现:白雪,凌寒,傲骨,风雅,清香……

或许,这些梅树寓意了梅花村人对自然的感恩、敬意及对未来的希望和寄托吧。

起风了,这凉凉的风逾越千年。我眼前浮现出宋代隐居杭州孤山的林逋。他一生种梅养鹤,淡泊清高,终身不娶,视梅为妻,留下了"疏影横斜水清浅,暗香浮动月黄昏……"的千古绝唱。

而此时,暗香不曾浮动,梅花未开。

我知道,一种美,就像爱,需要等。

梅花湖

一汪湖水迷离了我的双眼,这湖叫作梅花湖。

湖水映照着梅花村。

梅花湖是上天对这一方风物和生灵的馈赠。

放眼梅花湖,我最初的感受是它的祥和、灵秀、静谧、阴柔和洒脱之美。

漫步在悠长的堤岸,湖光山色尽收眼底。

湖两岸依然泛绿的柳枝随风摇曳,那袅娜的枝条像妙龄女子曼妙的身姿,无疑是这个季节最亮丽的风景。

我的心柔柔的,想到梅花村人依湖而居,一年四季都能得湖水庇护和滋养,该是何等的诗意和幸运。

我的目光再次与湖水相对,她清澈、明亮,足以照见我的内心。

那一刻,我的身心仿佛经过了湖水的洗礼,变得异常安宁。莫非,她真的是我精神的道场? 果真如此,我情愿在这里长醉不醒,忘却归期,忘却来时路。

栽我于梅花湖畔,让我疲惫的心,一瓣瓣灿然盛开。

界林禅寺

沿着梅花湖畔向西南,在一座陡峭的山上回响着清幽的佛乐声,我抵达这里。

你从遥远的大明朝走来,历经风雨坎坷,在历史的尘埃中湮灭又复活。

你被掩隐在绵延起伏、色彩斑斓的群山怀抱中,袅袅的檀香在纯净的空中缭绕,八方的神灵向你飘来,四方的信众向你匍匐。

我久久伫立,屏声静气,仰望刚正、遒劲的"界林寺"三个大字,双手合十。

请让我点燃一炷心香,让我长跪不起。

请接受我的膜拜,我是虔诚的信女,等你怜悯救赎。

请宽恕我尘世的贪念和不可求,请宽恕并理解一个红尘俗子的癫狂和痴情。

请悉心倾听我素洁的祈祷。

普度众生的神灵啊! 大慈大悲的菩萨啊!

请恩泽大地,草木繁荣。

请庇佑苍生,安享太平。

请点化开悟,拯救灵魂。

请给予力量,除强扶弱。

请赐我灵思,笔底生花。

相遇古枫

一树火红，绊住了我前行的脚步。

你红得夸张，红得耀眼，红得率性，红得妩媚，红得摄人心魄，红得醉眼迷离。你的红生生地灼伤了我的双眼，使我的目光再也无法移开。

丙申年初冬，太阳洒着金色的光，温暖如春。我和一棵古枫相遇在磨云山村一条蜿蜒的古道上，这条连接南北的古道叫作潢麻古道。

曾经，这里行旅往来，商贾云集，人声鼎沸，热闹非凡，嗒嗒的马蹄声彻夜不止……

古枫，你是唯一的见证。

你兀自挺立着，孤独地在此坚守了数百年。

是巧遇、偶遇，还是命定，都无关紧要。

我坚信，你一直心怀期待，等我，等我到来。

我忘情地闭上眼睛，贪婪地吮吸、亲吻。目光穿透你的每一条经络，每一条纹理，每一寸肌肤。

我不改的初心融化在你热情灼烫的掌心。

古枫，你向上撑开的枝叶葳蕤繁茂，像一张巨大的伞，红彤彤的伞下是四方善良的百姓。纵然是雨雪、冰霜、电闪、雷鸣，你依然傲然屹立，无所畏惧，庇佑和守望着这里的生灵。

我抬头仰望，内心的那一丝颤抖让我羞愧地低下头，但我依然心存奢望。

就像前世的约定,就像你和我数百年前就知道,我们终会在今天相遇。

云山茶园

这个季节,凉风瑟瑟,草木凋零。

请让我卸下重负,忘却纷争,将轻松而又干净的肉身放逐在你的面前。

天公也如此作美,雨后的天空蓝得炫目,阳光暖得醉心。

云山,茶园,多么诱人的美景。

那么在今天,让我放慢脚步,细细品你,慢慢读你,让我恣意诗心,张扬个性。

不知不觉登上了山巅,忽觉空蒙开阔,心旷神怡,不由豪气冲天,激情满怀。

来不及远眺,眼前几株山茶花就吸引了我的目光。洁白的茶花在绿叶葱郁的茶树上开得正欢,极像恬淡的女子,着一袭素净的衣裙。淡雅的白,纯净的白,白得纤尘不染,白得令人心颤;那纯粹的美,干净的美,美得独一无二,美得摄人魂魄。

突然之间,我的内心一片虚空。

在云山,一朵素雅的茶花,竟让我心存感动,肃然起敬。

眺望。俯视。

一层层明亮的绿堆积在眼前,仿佛天空铺就的绿色锦缎,这如丝般光滑而茂盛的绿啊,在阳光的照射下,飘动着,盛开着。而就在那万绿丛中,几棵乌桕树夺目而出,热烈,奔放,像天边燃烧的云。

它的红高出了自己,高出了茶树,高出了我的视野,高出了我的想象。

此时此刻,云山醒了,云山的茶醒了,我也醒了。

原来,春天从未走远,它一直都在。

在乌桕火红的映照下,茶园里,一口沉睡多年的老井沸腾了,那清甜的井水其实就是上天恩赐的甘露,茶叶在井水里沸腾,缕缕清香在云山的上空氤氲,飘荡……

那飘荡的茶香注定是远方游子难以割舍的乡愁!

忽然想起了赵州和尚的一句话:吃茶去。

哦,走吧,吃茶去。

注:柴山保、梅花村、梅花湖、界林寺、磨云山村、云山茶厂,均属新县陈店乡。

清风清气润千斤

传说东汉末年,张飞在河棚街(今新县千斤乡千斤街)开了屠宰店,每卖完猪肉就把屠刀压在重约千斤的大石头上,千斤乡因此而得名。

凝望清风岭

我对千斤乡的凝望直达清风岭。

那天,我是沐浴着湛蓝、金黄来的。湛蓝是纯净的天空,金黄是温暖的阳光。虽说是初冬时节,清风拂面却是清爽的,柔和的。

清风岭抑或是清枫岭,多么诗意的名字。

此时,站在清风岭上,放眼望去,四周层林尽染。

清风岭是寂静的,我也是,我必须如此。我必须让清风岭的清风和清气将我心中的俗念拂去。这样,我才可以怀着干净而又虔诚的心,来这里聆听、寻找,寻找远古的人们在红枫树下歇脚、吟唱,那种祥瑞、风清、风正、其乐融融的远景。

这是我此行的目的。湛蓝的天空可以做证,清风岭可以做证。

可是,刻有"清风"二字的古碑在哪里,古碑上劝人的诗文在哪里,那巨大的红枫又在哪里呢?我凝视着清风岭,清风岭无言,亦无语。

似乎一切美好的事情都与传说有关,那这里尚存的良好风貌:民风淳朴,邻里和睦,勤劳善良……是当今施政的结果,还是古风遗存呢?我想,二者皆有之,翻开新县县志,过去的美好确实存在。或许,饱经沧桑的碑碣如同我一样,早已融化在清风岭的山山水水间,融化在对清风岭深情的凝望和关切中。

戴湾

走进这里,我仿佛走进了江南。

但戴湾又与江南不同,江南的美有太浓重的脂粉气,而戴湾的美是清水出芙蓉;江南的美潮湿而又喧嚣,戴湾的美清新而又宁静。

在戴湾,古朴与时尚并存,传统与现代相融,各种元素和谐地糅和在一起,构成了别样的戴湾村落。

戴湾是精致的,灵巧的,更是楚楚动人的。

戴湾古老的村落和现代别墅与山水相依,竹木丛翠,不仅有风亭水榭,有随风起舞的银杏叶,有争奇斗艳的野菊花,也有先进齐全的娱乐设施和健身器材。阳光下,几个村民在广场锻炼着身体。不远处的湖面上,一群水鸭正优哉游哉,享受着水中嬉戏的乐趣。

在戴湾,每一棵草,每一棵树,每一个人,甚至每一个小动物,

都是随意的,自由的,快乐的。

漫步在这里,你会觉得内心很安宁,你会觉得神清气爽,你会觉得仿若隔世,你甚至会觉得误入了芳草鲜美、落英缤纷的"桃花源"。在一棵硕大的银杏树下,你真的可以看到一个悠然自乐的人间天堂。

适逢盛世,戴湾是幸运的,生活在这里的百姓更是幸运的。在这里,他们老有所养,老有所依,老有所乐,老有所安,充分享受着田园牧歌式的生活。

此时,冬阳暖暖,一个老人斜靠在自家门框上闭目养神,那嘴角的笑意写满了快乐。

在戴湾,从一个老人满足的笑容里,我读懂了什么是幸福,什么是安心。

时值中午,袅袅的炊烟飘浮在湛蓝的天空中。

待我蓦然回首的时候,怦然心动——

戴湾,你注定是远方游子永远守望的故土和乡愁。

土主岭

天地有大美而不言。

眼前的景象是那样的美,美得让人无法诉说,犹如一幅泼彩的油画,摄人心魄。

这是一场冬日的盛宴,这是一次视觉的冲击。

天空湛蓝如洗,白云朵朵如絮,阳光温暖柔和。几只鸟儿欢快地鸣叫,与天地合奏出一曲动人的天籁。清风也不甘示弱,送来一曲轻柔的和声。火红的枫叶、金黄的银杏叶折射出五彩斑斓的光芒。那些甘于奉献的缤纷的落叶也来助兴,扭动成熟的腰肢,缠绵在高大的树丛之间,翩翩起舞……

在这里,你看不到冬季的沉寂、萧瑟之气,相反,一股"养天地浩然之气"之博大胸襟荡然生辉,又如"我见青山多妩媚,料青山见我应如是"的浪漫温柔。

一个午后,在千斤乡土主岭的山坡上,我度过了一段多么幸福而又奢侈的时光啊。

纵情山水,融入自然。那种与天地万物的悠然心会,那种忘却尘世物欲纷争后的豁达与轻松,那种享受自然之美的意趣与情趣,以及对自然的敬畏,对生命本真的体悟,这一切,只缘于一个午后,在土主岭的山坡上所看到的四季轮回的变化。

此时此刻,在土主岭,我联想到了滋养,敬畏,感恩,奉献,生机,勃发,我甚至联想到了善良和眼泪。

有一种惊喜不可名状。

有一种幸福无法诉说。

有一种感动泪流满面。

仰望凌云寺

登上凌云寺,放眼远方,重峦叠嶂,绵延起伏,油然生发出"会当凌绝顶,一览众山小"的浩然之气。

其实,凌云寺并不高,海拔只有 627 米,但它给人的感觉却是高高在上的。

十一月的天气微凉,冷冷的风穿过我的身体,穿过时空的隧道,带我走进了唐朝。那时,这里的香火很旺,诵经的声音在天空缭绕,佛光普照的四方村庄安宁祥和,寺庙两旁的七棵银杏树犹如北斗七星,生机盎然,熠熠生辉。

世事沧桑,岁月无情,如今,七棵银杏树只剩下了四棵,佛光也救赎不了人为的战火,一场战乱让寺庙轰然倒塌,灰飞烟灭。

即便是这样,在凌云寺,在这庄严而又肃穆的氛围中,你依然会看到一种坚守的力量,对信仰、对信念的坚守。

十一月落寞的冷风袭来,我无法顾及,我在想,那个云游的高僧现在何方?是否在赶往凌云寺的途中,望着正在垒就的地基?我想,一定是的。

仰望古老沧桑而又傲然挺拔的银杏树,我仿佛在追溯一段千年历史。我似乎看到,在它的体内,正酝酿一场生机,它正以佛的名义,庇佑着四方的苍生,迎接盛世归来;它正以佛的名义,将一段千年的历史延伸,在这个初冬的季节,让漫山遍野的鲜花开放。

我似乎听到了花开的声音,看到了那一番景象。

走进白马山

　　我来的时候正好:天气正好,阳光正好,春风正好,同行的友人正好,我的心情正好。

　　那天,汽车沿蜿蜒的水泥山道向上穿行,路面平坦,刚够两车交错。路上行人极少。早开的山花大多已开始凋谢,目光所及,竹子的绿、松柏的绿、枫杨的绿、河柳的绿以及那些不知名的绿,让眼前的景物披上了崭新的绿装,郁郁葱葱,生机勃勃,偶有白的、红的、黄的山花点缀在滴翠的植被间,给四月下旬的景色添了别样的韵致。

　　我走得很慢,路上雀跃的小鸟,路边欢快的溪水,还有那隐隐约约、半开半闭、含羞娇艳的紫藤让我不得不停下来,这些景物在阳光的照耀下引领着我的身体以及心灵的去往。

　　白马山,我来了。

一

　　白马山村是新县陡山河乡的一个自然行政村,位于陡山河乡的西部,距乡政府13公里,总人口2410人,有32个自然村组,面

积20平方公里,森林覆盖率97%,有杉木2万余亩,油茶近万亩,板栗、银杏、中药材等上千余亩,素有陡山河乡"小西藏"之称。

其实,白马山于我是熟悉又陌生的,说熟悉是"白马山"深深地印在我的脑海,说陌生是我对它一无所知。

早在近三十年前我来过,那时的我很年轻。那时,这里的路还是土路,逼仄、陡峭,每逢雨天过后,路上坑坑洼洼,很是难行,随时都有车轮陷进泥坑的危险,没有娴熟、过硬的车技是断不敢上去的。我是随县外贸的一辆5吨货车进山拉板栗,那天下着小雨,路况可想而知,这个时候,车是不宜上山的,但老百姓家中及单位收的板栗如不及时进冷库就会生虫,腐烂,损失很大。当时,办公室人员都抽调到下面去帮忙收购板栗,我是统计,负责调运之事。在无人可调之时,领导便让我随车前往。如此,便有了那次的白马山之行。

想起那次,至今仍心有余悸。那天,开车的司机是外地的,第一次来此地,根本不熟悉情况,我看出司机很紧张、不安。货车在曲曲弯弯的山路上颠簸着,走走停停,时不时陷进泥坑,当车行至一下坡路时,由于路面太滑且凹凸不平,车突然失去控制,径直向下急速滑行,司机一慌张却将方向盘打向了左边,左边是万丈悬崖,惊悸、惶恐、绝望令我颤抖不已。再看司机,只见豆大的汗珠从他的脸上滚落下来,连衣服也汗湿了。见此,我万念俱灰,心想,今日恐要光荣牺牲于此了,我哆嗦不止,眼泪直流,紧闭双眼,不敢看下面,双手紧抱自己,似乎这样才能让自己得到安慰。仅一小会儿,只听砰的一声巨响,车停了下来。原来,眼看车就要滚下悬崖,惊恐至极的司机突然间清醒过来,猛然将方向盘狠劲地往右一打，迫使车撞在了石头上而停了下来。当司机喊我下车时，我竟然不知如何是好，费了好长时间，才从驾驶室战战兢兢下来，脚还没沾地，便一下子瘫坐在地上，直到司机把车安全地停好，我才爬上驾驶室。车上，司机告诉我，左前轮胎离悬崖边不到三十厘米，真他妈悬啊，司机气得说了一句脏话。

那次的白马山之行，我至今历历在目。我记得，当车到了白马山街上，街两旁站着很多挑箩担筐的农民，箩筐里装满了板栗。在此之前，因天气的原因，供销社收购的板栗已无地方存放，所以就停止了收购，那可急坏了栗农。要知道，那个时候，农民基本没什么收入，唯一的来源就是板栗。在当时，板栗给农民创造的经济效益也是可观的，一斤板栗的价格是三块多，甚至更高，很多家庭基本都有数百斤，或上千斤的产量，一季板栗下来就是数百、上千元的收入。而当时，我一年的工资也就是几百元。所以，很多乡镇的农民都大量种植板栗树，白马山人也不例外。看到车驶进供销社收购大院，别提那些农民的高兴劲儿了；当听说了我们路上的惊险，看到被撞坏的汽车后，好多人面露关切之情，纷纷手捧板栗，非得让我和司机带点儿回去，要知道，他们自己和孩子都不舍得吃的。那一刻，他们的纯朴、善良和实在深深地感动了我；那一刻，我惊恐不安的心也平静了许多。

时至今日，我仍能忆起近三十年前白马山那惊心动魄的一幕，还有当地农民的善良、纯朴、厚道以及他们关切的眼神。

二

车缓缓前行,曲径通幽。行至石桥,映入眼帘的是一条瀑布,落差不高,大概 8—10 米,哗哗、叮咚之声错落有致,少有鸟声附和,疑似天籁之音。静中有动,动中有静,溪水清澈,掬一捧入喉,顿觉甘甜清冽,沁人心脾。同行的友人说,此瀑布有一俗名"汉水凼",我不知这三个字是否正确,问友人,他也不知。我想,顾名思义,当地人也是根据这上面的水流进下面一个个的小水坑而得名吧。

再往前,左边有一峡谷,下面有一潭水,清幽幽的,蓝蓝的天空和两岸的景色倒映在水面上,清晰可见,微风吹过,泛起阵阵涟漪。夹岸奇石凸显,人坐石上,如坐石床。石的缝隙间多种植物顽强生长,枝繁叶茂。我静静地坐在石上,痴痴地看着下面的那潭清幽,幻想做那潭里的一尾鱼,在岁月的深处,心怀光亮隐遁于此。忽然,一阵淡淡的幽香袭来,那香气经过阳光和清风的过滤,更加洁净湿润,入心入肺,爽到极致。

抬眼,右前方几十米处有一奇观吸人眼球,只见一巨石矗立于水中央,我们一行绕着巨石前后左右仔细观看,不管从哪个方位看都像是一条船。当地的友人说:它就是一条船,名曰"石船"。这条石船还有个传说呢,据老辈人讲,这条石船总是将山里富(山里的好东西,抑或富贵之气)往山外运,致使山里百姓忍饥挨饿,苦不堪言。这件事被管辖此地的土地爷发现了,便上告天庭,玉帝得知此事,立即派遣神仙降下拴船桩,将此船拴住。从此,山里的百姓又过上了富足的日子,这条石船也就永远停泊在此了。

石船的传说引来了友人们的兴趣,大家纷纷跳上石船合影留念,其中一文友不慎落水,大家戏称其为"失足青年"。我说:失(湿)足不可怕,只要不失(湿)身就好,不过,倒成了名副其实的诗(湿)人了。话音刚落,便引来一阵欢笑。

临上车时,我再次把目光投向了石船。我想,"石船"该起航了,愿它载着白马山人的希望和憧憬起航吧,愿"石船"把山外的美好、文明和富足带给今天的白马山人。

三

车沿河而上,白马山村也离我越来越近,经过白马山街时,我放慢速度,想看一看,能否见到过去熟悉的人和物。可环顾四周,过去的景象已不复存在,调运板栗的地方也不复存在,街两边的房子比过去的多,也气派,但人却比过去的少。想一想,近三十年啊,如今已是沧桑巨变,物非人非。好在我的心情没变,也不为寻旧而来。

经过一段曲折的山路,便到了汪河小学,也就是现在的村委会。

这是一座两层小楼,有一个很大的院子,楼房依山而建,坐北朝南、敞亮、通透。那天是周末,我看到一楼几个房间的门都开着,一些人出出进进,想必都是来办事的农民,现在农村的基层工作也不太好做。据说,大多数村干部从来没有周末和节假日。我们径直去了村委会办公室,进了办公室我有些吃惊,真是出乎我的意料,与我想象的简陋、脏乱相差甚远,办公室干净整洁,窗户、桌子一尘不染,每张桌子上都配有电脑,桌子外面配有专门供来人喝水、休息的桌椅,有两个年轻干部(可能是乡政府派来的)在电脑前聚精会神地办公。

既然是小学,村委会怎么会在这里呢?我不解。友人说:村里原来有两所学校,一所是汪河小学,一所是白马山学校,白马山学校在石湾,原来的村部也在那里。由于现在大部分村民组都通了水泥路,交通便利,信息灵通,山里人纷纷走出深山去城里生活,同时,也想让孩子接受更好的教育。所以,现在的汪河小学已经没有学生了,只是个教学点,整个白马山村就保留了白马山小学这一所学校,目前只有七个学生。

我移步门外,走到宽阔的院子里。这时,墙外的一棵树引起了我的注意,这是一棵柳树,从身上累累斑痕看,它应该有数百岁。果然,村人说,这棵柳树已四百多年了。粗大的树身结满了褐色的菌菇,虽说很古老,但枝繁叶茂,生机盎然。看着看着,一个奇特的现象吸引了我的目光,就在树的顶端,浓密的枝丫上,居然有一簇簇红色的小花。我诧异不解,村人说:这是柳龄较大的柳树上寄生出来的绿色植物,会结出三个一串橘红色的小豆样的果实,具有一定的药用价值,俗名"柳寄生",也称"槲寄生",一般较大树龄的树都会有这样的寄生物,根据树的种类命名有北寄生、桑寄生、黄寄生、冻青、寄生子等,这些都是灰棕鸟、太平鸟、棕头鸦雀喜爱的食物。种子发芽需3—5年,长成簇又要5年左右,形成比较大的簇群需要20—30年时间,这棵树上的簇群至少30年以上。关于"柳寄生"还有很多传说。据说,在西方它被称为"生命的金枝"，在奥地利和意大利，也流传着它能使人隐形的说法，甚至还有人传柳寄生可以用来助孕、避雷，凡是在柳寄生下亲吻的情侣，会相伴终生、白首到老。多么美好的传说，我唯这是真的。

这棵柳树在20世纪70年代差点被毁掉。那时，"四人帮"还没有倒台，乡里武装部的一个干部，拿着枪，带着一群人来到了这里，说这棵柳树是"四旧"，要砍掉。百姓得知，男女老少拿着锄头、铁锹、棍棒跑到这里，把柳树团团围住，并夺下干部手中的枪扔进了河里，扬言谁要敢砍柳树，就先砍掉谁的脑袋。由此，这棵树才得以保存。

这棵柳树傲然挺立在汪河村民组的村口，前后有两座小庙，它像一个忠诚的卫士，和神灵一起守护和庇佑着这一方的生灵。

我久久地注视着它，怀着谦卑而又崇敬的心情，读它的沧桑，读它的厚重。在它过往的岁月里，我仿佛看到了那场悲壮的生死搏斗。

此时的白马山在碧蓝的天空下，在春风轻柔的吹拂中，在清香氤氲的空气里，就像一本没有开启的新书，在这个阳光明媚的上午，在一棵古老的柳树前，被我一页页地翻开……

四

白马山有一个美丽的传说。

相传明代，湖北麻城一带连续三年大旱，庄稼颗粒无收，百姓难以生计，其苦不堪。而位于大别山腹地的白马山（当时不叫白马山,具体名字不详)一带因天旱,田里水少,水温升高,连年丰收,玉帝知晓,即派白龙来此地运粮至麻城赈灾,白龙来此地化为白马,白天躲岩石下睡觉,夜半去稻田吃谷,饱后又现原形飞至麻城,将肚中稻谷化为黄金排出,麻城县令就将黄金购粮救济灾民,灾民得救。白马所为为当地百姓知悉,百姓不但不责怪,反为其精神所感动,就在白马隐藏的岩石上建了一座庙,以此颂扬白马拯救灾民之功。而白马呢,也为此地百姓的善良、纯朴、厚道所感动,宁愿放弃神仙之身,在人间永远隐迹于岩石下,陪伴和庇佑这里的百姓。

白马山因此而得名。

在友人的带领下,我们一路爬坡去往白马隐迹的地方,沿途溪水潺潺,鸟唱莺啼,风光旖旎,绿叶葳蕤。途中,友人领我们来到了一个叫谭坳的小村庄。说到谭坳人们或许不知,但说到一个人的名字,想必一定是如雷贯耳了,他便是戎马一生,屡立战功,为解放新中国做出巨大贡献的开国少将——谭知耕将军。

谭知耕,原名谭枝根,1917 年出生于新县陡山河乡白马山村谭坳一户佃农家庭。他于 1929 年参加革命,参加了鄂豫皖、川陕苏区反"围剿"和长征。新中国成立后,他历任部队高级将领,1955 年 9 月被授予少将军衔。先后荣获二级八一勋章、二级独立自由勋章、一级解放勋章和一级红星功勋荣誉章。2001 年 4 月 10 日,谭将军在北京逝世。

此时,在白马山,在一个叫谭坳的地方,金色的阳光透过斑驳的树影将柔和的光线投射在我的身上。此时,面对一棵参天大树,我的崇敬之情飘向了远方,崇敬的眼神也投向了远方……

拜别谭坳，跨过一条小溪，走过一道道田埂，翻过一道道沟渠，友人领我们来到了白马隐迹的地方，一块巨大的岩石横卧在那里，四周青草葱郁。站在岩石上，背靠青山，左右山脊苍翠覆盖，前方辽远空旷，难怪这里风调雨顺、五谷丰登，原来是一块风水宝地啊。

遗憾的是，当初的庙宇早已坍塌。看着眼前的一切，我陷入了沉思抑或是恍惚之中，此时，我真想唤醒白马，看它凌空而起，像数百年前一样，化身白龙，去外面的世界，把先进、文明、科技、知识、智慧、财富以及所有的美好都吃进肚子里，然后再在白马山播种，造福一方百姓，滋润万物生灵。

下山途中，友人滔滔不绝，历数白马山传奇故事：刘湾村的"龙王庙"与"观音垱"，异想撑破天的"双石人"，躲过日本屠杀的"万人沟"，还有"棋盘石""张飞坳""女人洞""二龙戏珠"等等。他边说边指给我们看，我听得是心旌摇荡，看得是眼花缭乱，不知不觉就到了寇湾。

寇湾是白马山村的一个村民组，也是著名省部级老红军寇庆延的家乡。寇老1912年出生于白马山村寇湾，1928年参加革命，新中国成立后，历任广东省公安厅厅长、省人民检察院检察长、副省长、省委常委等职，是第三、四、五、六届全国人大代表。2016年6月12日在广州逝世，享年105岁，党和国家领导人习近平、胡锦涛等致唁电并敬献了花圈。

我静静地伫立在寇老的故居前，仰望高高的寇家门楼，想起了寇老的一生，正如他自己所言，"一生革命，两袖清风"。

五

其实，到村委会时我已经知道了其所在地就是"汪河"，但村口的一棵柳树绊住了我的脚步，在此，请让我停顿下来，让我好好看看汪河。

汪河是白马山村的一个自然村民组，也是村委会所在地，全村共有 65 户，260 人，这里居住的都是汪氏族人，一条河环绕村庄，所以就叫汪河。

初到汪河你会有心胸开阔、心旷神怡之感，你会有揽桃花源之境入怀之妙，此话一点都不夸张，这里真是别有洞天。

汪河是一块平坦的洼地，四面环山，山与山连绵起伏，层次分明，因光照不同而颜色不同，一条河又分成几条支流环绕村庄，有九步三座庙、一步三口井之景象。尤其那三口井，已有上千年的历史，井水常年不枯，清冽甘甜。汪河与村民就这样被山水滋养着，被神灵护佑着，这里每年走出去大批不同行业的精英。

站在高处往下看，汪河就像一个聚宝盆稳稳地扣在地上。村民大都依山而居，中间是田地，阡陌纵横，河水绕田流淌。房前屋后，田埂河边，植物、花草因四季不同而各显妩媚、妖娆。迎春花、杏花、桃花、梨花、兰花、杜鹃花、油菜花、桐花、槐花、紫藤花、茶花、木槿花、菊花、梅花……四时不同竞相开放。红的、黄的、蓝的、白的、紫的、青的、绿的，深的、浅的，把汪河装点得像个童话世界。每个季节都有它不一样的美，但这美却是自然朴实的，就像汪河的百姓。

　　此时的汪河,正是桐花、槐花和紫藤花绽放的时候,偶有晚开的映山红在万绿丛中露出笑脸,格外引人注目,田里还未凋谢的油菜花金灿灿的,河水是蓝的,这些素雅的花儿印在上面,像晕染的水墨画。此时,你能想象汪河的美,但你却无法用笔去描述。

　　一阵风吹来,流动的空气是甜的,是香的。这香是淡淡的,这甜也是淡淡的。

　　此时此刻,白马山是安静的,汪河是安静的,我也是安静的。在这静谧的世界里,我仿佛听到了另一种声音。

　　我忽然有了天人合一的醉感,在白马山,在汪河。而此时,不必焚香,便有佛禅入心。

静待紫藤花开

　　当我攀缘至此，猛然被眼前的景象惊呆了，脚底突然像生了根一样，再也无法挪动。

一

　　眼前是一棵粗大的紫藤，长达几十米，一根主干近一人合抱，它像一条巨蛇紧紧地缠绕在槐树上，数十条旁逸斜出的分枝向十多米高处纵横交错地开杈、延伸，灰褐色的枝蔓向四周蔓延，倒垂的槐树枝与之纠缠、交错，形成了一张巨大的网。

　　我从没有像现在这样近距离去欣赏一棵紫藤，一棵光秃秃的，没有绿叶辉映、没有花香袭人的紫藤，然而，它就像一块巨大的磁铁，牢牢地吸引住了我，它展现的不仅仅是依附槐树向上生长的顽强生命力，更是对槐树不离不弃、忠贞不渝的爱恋。

　　这是一个早春的下午，春风仍有些凉意。放眼四周，沉寂已久的大地已经苏醒，万物更是春意萌动，尽显勃勃生机，就连地上的小草也泛着嫩嫩的新意叫人好生欢喜。此时，明晃晃的阳光透过密集的树影零星地洒在紫藤树上，一阵风起，紫藤柔软的枝条随风舞动,我仿佛看到了一位美丽的女子身着紫衣,长袖漫卷,妩媚含笑,我仿佛看到了从大唐飘逸而至的李白,手持一壶老酒,在紫藤花前醉意迷蒙低吟浅唱:"紫藤挂云木,花蔓宜阳春。密叶隐歌鸟,香风留美人。"我仿佛闻到了空气中弥漫的清香……那一刻,紫藤花似乎真的开了。

你看,那棵缠绕着槐树的紫藤从十米多的高处垂下缥缈淡雅的紫、深深浅浅的蓝、浓淡相宜的红,白如素锦的槐花也参差其中,像一幅晕染的水墨画。串串硕大的花穗挂在枝头,沉甸甸的,似瀑布在阳光的照射下尽情倾泻。枝蔓上的绿叶鲜艳清新,翠嫩欲滴,给紫藤增添了别样的风情。风过处,空气中氤氲着紫藤淡雅甘甜的清香,弥久不散,沁人心脾,轻轻地吸一口,俗世的杂念随风飘散。我静静地立于花前,心事幽幽,一种久违的情愫似涟漪在心海荡漾,我醉心地笑了……

"这里便是韩山,因为村里居住的都是韩姓族人,所以村子就叫韩山村。"朋友的话打断了我梦境般诗意的遐想。

二

顺着紫藤的脉络,经过一棵棵参天葱郁的古树,行至半山腰,一个古老的小山村清晰地展现在眼前。

韩山村位于新县香山湖管理区水塝村(此处过去属于新县田铺乡水塝村),距县城10余公里。其尾部与美丽的香山湖相连,南边与田铺接壤,北边与普济寺毗邻,后山背靠着代咀乡的合龙村,远远望去其三面环山的形状就像是一把太师椅,村庄则稳稳

地坐落其中。

绕着村前屋后转悠了几圈,却发现少有人迹,我留意了一下周围的房子,大部分都很陈旧,有的几乎破乱不堪。这里前后共有七排房屋,参差不齐,每排房子间数也不一样,大概有几十户人家,每间房屋的墙都是由土坯或黏土筑成,屋顶是清一色的檩条小黑瓦,从构造和式样来看,属豫南典型的农村普通民房风格,村前的一口池塘给这个小山村添了丝灵动和俊秀之气。就这么几间普普通通的土坯民房怎么会在 2014 年被纳入古村落的行列,且还是国家级的?我百思不解。同行的朋友也不知其详。朋友提议找个人问,环顾四周,只有或紧闭或半掩或干脆敞开着的门扉,我挨家叫了几声,还是不见人影。朋友说我不是要看紫藤开花嘛,等紫藤开花的时候再来吧。

夕阳西下,我们带着对紫藤的不舍和对韩山村被冠名为古村落的疑问下山了,离开村庄的时候,一位黑瘦的老人从一个黑屋里走出来,这时,不远处传来的几声鸡鸣和犬吠打破了这个村庄的宁静。

三

我再次来到韩山已是五月的下旬,雨后初晴的天空湛蓝如洗,纤尘不染。上山时,我的心竟有些忐忑,脚步也变得迟疑,耳边反复响起《青花瓷》里的一句唱词:"天青色等烟雨,而我在等你……"天青色等烟雨成就了青花瓷绝世的清美和素雅,可是紫藤啊,我只想你以一树的花开等我。你会吗?我不敢直视,故意把目光移开,可你还是旁若无人地闯入我的眼帘,你的姿容硬是生生地刺痛了我的双眼。

无可否认,我有些落寞和伤感。只见昔日裸露的枝蔓已被浓浓的绿叶覆盖,在密不透风的绿叶间,难见一星半点的花蕊,抬头仰望,被紫藤缠绕的槐树也是一律单纯的绿,在它们的树底下连一片凋零的花瓣也没有。难道我真的无缘见紫藤花开?其实,紫藤一直都在以最美的姿容等我,而我,只因尘世的俗念束缚了手脚从而错过了紫藤繁盛的花期。唉,无缘的我啊,不是来得太早,就是太迟。

离开的时候,我顺手摘下几枚紫藤的叶片。

带着上次的疑问,我再次走访了韩山村。从紫藤树下来不远就是村庄,沿途散开着一些不知名的野花,被雨水洗过的植被干净透亮,此时的韩山村被掩隐在浓密的绿荫下,整个村落显得空蒙、灵动,山与村浑然一体,相映成趣。

依然是少有人迹,这次我们直接去了一户门扉敞开的人家,迎接我们的是一位腿脚不太灵便的黑瘦老人,老人热情地招呼我们在门口坐下。

老人的家门口就是一方池塘,池塘里没见有鱼,水也不多,浑浊不堪的,塘里的莲蓬也是东一块西一块,塘埂上几只鸡在找寻食物,四周静悄悄的。我收回目光,朝光线暗淡的屋里看了一眼,除了几张破乱的椅子,没看到其他什么。这是一个孤寡老人,大概七十多岁的样子,他的脸太过沧桑,岁月的痕迹很浓。

在池塘边上,老人开始了慢慢的絮叨……

四

听老人说，那棵紫藤有一千多岁了，我难以置信，可老人说是真的，它还有一个美丽的传说：一个家境富裕的美丽女孩儿每到春天就喜欢上山采花。有一天，身着紫衣绿裙的女孩儿在采花时不小心被草丛的毒蛇咬了一口，女孩儿疼得不能走路，眼看天就要黑了，她吓得大呼救命。这时，一个白衣男子出现了，男子见状急忙上前用嘴帮女孩儿吸出了腿上的毒血，从此两人就相爱了。可男子家境贫寒，女孩儿父母极力反对，无奈，两人双双跳崖殉情。后来，在两人殉情的地方长出了一棵树，树上居然缠绕着一棵藤，还开出紫中带蓝、灿若云霞的花坠，那棵树也开着洁白的花。人们都说，紫藤花是女孩儿的化身，开着白花的槐树是男子的化身。紫藤花须缠树而生，独自不能成活，由此可见，紫藤是为情而生、为爱而亡的痴情女子。难怪我第一眼看到它就有一股莫名的心动，原来这紫藤有着这么凄美的爱情故事。

这棵紫藤还救过村里人的命呢，老人接着说，大饥荒的时候，村里的人就是靠着山上的藤花、槐花、野菜野果活了下来，所以直到现在，村里的人一直对紫藤和那些古树充满敬畏，视它们如神灵，从不砍伐，除了被雷击死掉的一些，大部分都保护得非常完好。都是一些什么树呢？我忍不住问老人。有松树、枫香、黄连木、银杏、小叶榉等40多个树种共200多棵。这些树都已上百年，打从爷爷的爷爷辈就有了，每个季节山上都有不同的变化，尤其是秋天的时候漫山遍野都是红彤彤的枫叶和金灿灿的银杏叶，好看极了。说到山上的树,老人就像在说自己的孩子,脸上洋溢着自豪。

或许是说得太多的缘故,老人有些气喘吁吁,我有些不忍,想就此话别,可老人兴致不减又滔滔不绝……

说到韩山就得从韩氏宗族说起,据传新县的韩氏族人都是由南宋抗金名将韩世忠的儿子韩彦直的第五代孙韩荣卿传下来的。大概是元末明初,祖先为避乱从黄陂牵着一头牛往北走,这头牛走到韩老屋就停下不走了,从此就在韩老屋安营扎寨,开枝散叶。当时这一门有四房,随着人口的增加,韩老屋已不能满足居住需求,为了家族的繁荣昌盛,也为了照顾弟妹,本着谦让和发扬吃苦在前享受在后的良好家风,老大就主动要求离开安逸的生活外出谋生,就这样老大带着自己的家小一路奔波来到了这个地方。当时这里可谓是穷山恶水,没房没田,甚至连水都没有,条件极其艰苦,但老大一家毫无怨言,依然坚持在此开荒种地造田,一代又一代在这里繁衍生息。后来此山就以其姓氏为名叫作韩山。

老人的叙述像一阵风把我吹到了那个久远的年代,在一片荒芜、陡峭的山上,老大一家不舍昼夜、风雨无阻地辛勤劳作,脸上的汗水裹着泥土深深地砸在贫瘠的土地上,偶尔,仰起脸,朝着老屋的方向投去深情的凝望,风中不时传来一阵阵的叹息和欢笑……

五

我再次把目光投向眼前的村落,看着东倒西歪、摇摇欲坠的房屋和稀少的人烟，我的心竟有些沉重，这个村庄真的很古老，我所说的古老，并非它久远的历史，而是因为它沉寂太久的荒凉和破败。什么时候它也可以像其他的古村落那样，家家炊烟袅袅，小桥流水潺潺，处处欢歌笑语，阵阵鸟雀翔飞，一派祥和气象呢？

听说其他的古村落都变了，这儿什么时候会变呢？老人的话打断了我的沉思。看着老人期盼的眼神，我轻声说，会变的，一定会变的，等紫藤花开的时候，它会变得跟其他古村落一样，甚至比它们更美。

下山的时候，四周依然是静悄悄的。此时，思绪如潮，我的双腿似陷在岁月的沟壑中不能自拔。我在想，传说也好，历史也罢，这些都已无从考究，似一缕轻烟在韩山的上空随风飘散，但是，透过这里朴素的民风可以看出他们美好的希望和愿景，我相信韩山村一定会变的，在紫藤花开的时候。

让我们静静地等待紫藤花开吧！

几回梦里醉江南

一

也不知是第几次,于暮霭如烟的黄昏,我再一次走进了江南,走进了魂牵梦萦的水乡小镇。

天空飘着小雨,丝丝小雨伴着凉爽的风,把路基、树木、房屋擦洗得清亮,给暮色的小镇增添了朦胧的美和神秘的色彩。此时,除了屋檐滴水,雨打树叶,还有我嗒嗒的脚步声,似乎听不见其他的声音。

空灵,幽远,寂静……

二

一股淡淡的清香氤氲飘散,雨雾中,我似乎听到了轻轻的哀怨声,我似乎看到了结着愁怨的丁香姑娘,痴痴地撑一把油纸伞,徘徊在这悠长的雨巷,风将她的衣裙舞动得翩翩。那翩翩的裙裾,舞动着红尘的痴恋,是为我吗? 还是为了前世那素衣书生?

三

江南的雨说来就来,说走就走。此时,雨停了,湿润的风夹着丝丝凉意向我袭来。在这个温热的傍晚,漫步在清凉的青石板上,真是惬意至极。

夜幕慢慢低垂……

街两旁的店铺已关门,再无他人,只有我踽踽而行。江南,莫不是你以这种远离嘈杂、喧闹的方式欢迎我这远方的闲适之客,莫不是你知道我只想一个人享受江南的这份静谧和淡雅,莫不是你不想打破我此刻沉醉在小桥流水、水墨清香的梦境。

风情万种的江南啊,善解人意的江南啊,此刻,我真的醉了。

四

远处有乐声传来,幽怨,缠绵。循着乐声,我来到了一处小河边。石桥之上,一位骨骼清癯、素衣长衫的书生倚着石栏吹箫,神情专注、漠然、哀怨。我默默地坐在石阶上,静静地听着箫声,听着风声,听着心声。

河水静静地流淌,河两岸的灯光折射在水面,波光粼粼。那清亮的河水可是你的泪吗,为何你这般地哀怨、伤感?我可是你倾诉的知己?你今夜要等的人是那位结着愁怨的丁香姑娘,还是我这位远方的现代女子?

幽怨、缠绵的箫声,仿佛在低诉着遥远的岁月,一幕幕流逝的时光在沧海桑田的变迁中沉浮。这时,我的眼前出现了一位清雅的女子,身着白色长裙飘然而至石桥上,她笑意盈盈,明媚如花,在书生的箫声中翩翩起舞……

一丝畅然在我心间悄悄流淌,这到底是梦境还是现实,我不知所然。

此时,夜凉如水。

五

晚风阵阵吹来,湿润,温婉,清风吹动了我的衣衫,也吹乱了我的头发,恍恍惚惚间,那吹箫的书生和跳舞的女子不见了踪影,只留我一人孤独地坐在石桥上。

我仍孤独地坐着,翘首以待,似乎是为了寻一个梦,抑或是为了走进梦里。

如梦的江南啊,此刻,我正全身心地轻轻把你触摸,你的美和那些美丽的爱情故事,总是让我莫名地感动。

六

微风轻拂河面,漾起层层波光,水中的那弯月亮也碎了,我的心竟有些颤抖。"伤心桥下春波绿,曾是惊鸿照影来。"是你吗?在今夜,踏月归来,历经人世沧桑,依旧不改当初的情怀,是来寻找一往情深的唐琬?

为何要邂逅沈园,演绎一曲千古绝唱《钗头凤》,把十年的相思、无奈、悲凉在今夜尽情倾诉：山盟虽在，锦书难托。莫、莫、莫！欲笺心事，独语斜阑。难、难、难！一个"莫"字，一个"难"字，怎不教人肝肠寸断！伤心气绝的唐琬从此便活在了陆游的梦里。

　　而此刻，在这个清凉的夜里，在悠长的小巷，在静静的石桥之上，伴着清澈的河水、柔风和弯月，我把自己融进了这些美丽的故事里，融进了江南的梦里而不愿醒来。

　　情痴原是异乡客，几回梦里醉江南。

闻得兰香入梦来

　　朋友家养了一盆兰花,她知道我喜欢,为了让我一饱眼福,特从网上给我发来了照片。我一看,果然喜欢得不得了,就索性打印下来,反复观赏,就像观赏一盆真的兰花草。

　　兰花草又称中国兰,因大部分品种原产在中国,因此而得名。中国兰花主要有春兰、蕙兰、建兰、寒兰、墨兰五大类,至今已有两千多年的种植历史,可谓源远流长。

　　兰花草是长在深山幽谷中的一种草本植物,根须粗壮,叶子均匀细长,色泽淡雅,幽香清远,终年不凋且浓绿,较适合盆栽。逢至春天,就以其娇羞的花容、淡雅的幽香来回赠自然的雨露阳光,以她的高雅、素洁、淡泊而赢得了历代文人墨客的喜爱。所以古代文人常把诗词文章之美喻为“兰章”,把友谊之真喻为“兰交”,把良友喻为“兰客”。知音、知己之间也常以兰花自喻,故兰花又有花中君子之美誉。

　　一次,女友来我处,那是一个百花竞艳、万物勃发的时节,不用说,我们一定是要一起进山看野樱桃,看映山红,看溪流瀑布,顺便也采几棵兰花草。刚到山上,随处就能闻到兰花草的清香了,感觉到兰花草无处不在,唾手可得,可寻遍了数处也终无所获,仿佛感受到美人的存在,在心里千呼万唤,可就是始终未见她的芳容,我们既大为不解,又深感遗憾。果真"闻得花香在,难觅花影踪"啊,于是悻悻然回来。在女友临走的时候,我刚好在街上碰到了有卖兰花草的,随即就买了一大捧让她带回去,并嘱咐她一定要放在清水里养。第二天她高兴地打电话说,带回去的兰花草她分成了三瓶,分放在办公室、自家的客厅和卧室。她说她养在办公室的那瓶,四溢的清香惹得同事们都来观赏并羡慕不已,工作了一天居然还神清气爽的,真是太神奇了。晚上回到家,一推开门也是满屋的清香,连做梦都闻得见兰花草那清雅的幽香,兰花草果然与众不同啊!那几天,女友每天都给我打电话,报告"情况",赞不绝口。

长在深山无人识,空谷幽兰亦芬芳。这就是兰花草,没有牡丹的雍容华贵,没有杜鹃的火红灿烂,虽说是开在姹紫嫣红的春天,可从不与百花争奇斗艳,也不哗众取宠,在深山幽谷、无人问津之处,静静地绽放,那随风飘散的淡淡清香,使人心旷神怡,追寻思慕。

"绿叶淡花自芬芳,深山庭院抱幽香。惠质不堪逐流水,露华何妨润愁肠。"周天侯的诗句道出了兰花草花的特质。

"泣露光偏乱,含风影自斜。俗人那解此,看叶胜看花。"刘灏的诗句说出了兰花草叶的优美。

着实,欣赏兰花草,看花闻香是一种直达精神深处的愉悦和享受,而观赏其叶,则会从另一种角度获得美的情思。那四季常绿的叶子,刚劲而不失柔美,挺拔而不失灵动,初看似谦谦君子,而微风拂过,枝条随风摇曳,婀娜多姿似娉婷女子的身段、裙袂、水袖、兰指,想象翩然而来,让人心神荡漾,如醉如痴。尽管如此,她仍不失其端庄、高雅,总让人肃然起敬,不敢有半点污秽之念。所以孔子说:"芷兰生幽谷,不以无人而不芳,君子修道立德,不以穷困而改节。"孔子将高雅、淡泊的兰花比喻修行、品德崇高的君子,百花之中,也唯有兰花才一直被称为是真正的花中君子。

"怜花还需解花语",兰花草的淡泊、高雅、素洁,又有几人能解得透呢? 在这个喧嚣、张扬、物欲的时代,又有几人能像兰花草那样,耐得住寂寞,不计得失,默默奉献自己的香呢? 更何况我等俗人呢。

只是,我喜欢。

喜欢在清风明月之夜,在兰花草开花的时节,将兰花草移至书房或卧室,然后关闭所有的灯光。这时,柔和的月光洒满了房间,徐徐清风拂面而来,随风飘散的便是那淡淡的、清雅的、无处不在的幽香……

恍惚间,我想起你了,那如兰般淡雅的幽香又在我缤纷的梦里流连——

蕙质心中寂寞开,
一朝春醒露凝台。
明月清风君莫负,
闻得兰香入梦来。

哦,此时,入我梦境的,又岂止是兰香……

草市的恩泽

六月真好,大地丰美,草木丰润,我的心情也好。

此时,我正驾车行驶在车辆稀少的沪陕高速上。放眼望去,开阔辽远,路两旁的树木葱郁、翠绿,这些景象掩盖了时下的酷热,也让我少了些疲惫之感。我此次远行是应玉梅姐之邀,参加三毛部落文学社的一个采风活动,心里自是欣然,欢喜。

我所要到达的地方越来越近。内心,除了欢喜、急迫,还有些茫然——此次我能看到怎样的景致,获得怎样的体验?

一

眼前一派翠绿,在阳光的照射下明亮亮的,这明亮的绿猛然填满了我的双眼和内心。我闭上眼睛,猛吸一口气,空气中弥漫着清香,是那么清凉、怡爽、甜蜜。这便是素有"绿色王国"和"天然药库"之称的西峡,坐落在八百里伏牛山腹地。

惊喜,惊奇。此时此刻,我能表达的只有这两个词。

自然的造化、神奇、美妙令人啧啧称奇。眼前的景物,山、植被、小桥、流水、人家、风物、地貌,包括这宁静、从容、优雅,让我对此地有了亲近感和归属感,这一切与我的家乡何其相似!

二

在西峡,我们跟随宛西制药公司副总、党委副书记李先生参观了中华医圣苑,企业文化展馆,仲景文化广场,浓缩药丸、香菇酱等生产车间,以及该厂的主打产品从原材料到成品包装的整套工序及流程,财富置业地产,影像图片及中药材植物标本陈列室等。通过这些,我们了解并记住了它的名字——仲景宛西制药股份有限公司,西峡乃至南阳无可替代的一张名片。

那天下午的黄昏,一场突如其来的大雨把我们困在中药材植物标本陈列室。感谢这场雨,让我与这些标本有了长时间的亲密接触,在一束束美丽的植物面前,心里涌动的情感无法言说。那一刻,我找不到更好的表达方式,我想到了"恩泽"。对,"恩泽",这个词或许是最好的表达。

面对这些标本,面对仲景宛西制药,我内心的触动可能与别人有所不同,作为同样是中药企业"羚锐"的职工家属,我深知,一个企业从小作坊到现代化,从几个人、几十人到成千上万人,其间的艰难和困苦,所需承受的压力及所应承担的责任。在此,无需更多的言语,请让我呈现一组数字,这组数字足以说明一切——

2016 年该公司旗下共创产值 65 亿元。西峡全县财政收入 12 亿元,该公司上缴利税 4.5 亿元,全县 43 万人,该公司员工 1.8 万人。

这组数字带给你的是什么?相信你一定会和我一样,除了震撼、惊讶、感动、敬佩,似乎再也找不到其他的字词来描述。

三

一场大雨过后,一切都是新的。此时,明媚的阳光照耀着医圣山,也照耀着百草园。

医圣山上,在医圣张仲景 18 米高的巨大雕像前,我凝神静气,叩拜施礼。仰望高高的雕像,想到医圣心怀悲悯佑百姓于安康,留下了《伤寒杂病论》这部中华中医之经典。两千年来,医圣的医德、医著一直在惠泽后世、庇护苍生。此时,我又一次想到了"恩泽"这个词。

此时此刻,医圣山是安静的,百草园是安静的,我也是。面对一束束、一棵棵或高或矮、或粗或细、或隐匿或埋藏于地下的那些或开花或结果、或美丽或普通的中草药植物,我犹如面对医圣、面对医圣心有所系的苍生,我不敢出声,我再次想到了"恩泽"这个词。

"恩泽",顾名思义是恩惠赏赐,进一步延伸便是恩德及人,就像雨露滋润草木。

我恍然大悟。

上天厚德,降医圣悬壶济世,降草木保佑苍生。两千年过后,更有后人,秉承医圣之德,关注民生与健康,保护、培育、种植、发掘、采集这些草木,然后制成药丸,更好地造福百姓。

我陷入了沉思。我把目光再次投向了远方,投向了医圣张仲景,投向了百草园。水边、岩边、路边、山边,田头地尾,目光所及,随处可见,这些草木,熟地黄、山茱萸、山药、牡丹皮、茯苓、泽泻、益母草、丹参、枸杞、半夏、首乌、柴胡、虫虫草、泽兰、五味子、川芎、女贞子、黄芩等等,还有很多我叫不出名字的,它们在岁月的最深处卑微而又旺盛地生长,默默地开花、结果,在西峡,在百草园,在仲景宛西制药公司的上空,终年散发着生命的清香。

西湖漫步

　　"水光潋滟晴方好，山色空蒙雨亦奇。欲把西湖比西子，浓妆淡抹总相宜。"想来最了解西湖的莫过于苏东坡先生了。

　　一直迷恋着西湖也是缘于东坡的这首诗。年少的时候，在书上看到了"上有天堂，下有苏杭"这句话，便对苏杭有了无限的憧憬和遐想，以为苏杭便是人间天堂了，尤其是对西湖特别迷恋。就这样，我的灵魂无数次地融进杭州的魂里，一次次地把手探进西湖的脉搏轻轻触摸。

　　今天，我终于走进了杭州，走进了西湖。

　　西湖的美，历代的文人墨客已浓墨重彩地渲染过了，而我除了赞叹，实在想不出更美好的词语了。

　　西湖的美真的是与众不同，明媚的阳光照在清澈的湖面上，波光粼粼，甚是美绝。这里五步一景，十步一亭，那些奇珍异木郁郁葱葱，交相辉映，桥与桥之间错落别致又紧密相连。白堤就在附近，放眼望去，宛若一条玉带漂浮在水面。雷峰塔掩隐山中，又因为白娘子和许仙的传说，西湖更多了份神秘的色彩，但同时也给我的心蒙上了淡淡的忧伤。远处，青山如黛，层峦叠嶂。果然是"水光潋滟晴方好"，西湖的美，清晰地尽收眼底。

沿着西湖的堤岸,在如潮的人流中,我神态自若,故作矜持,俨然一个诗人,摇头晃脑地吟诵:

湖山信是东南美,
一望弥千里。
使君能得几回来?
便使樽前醉倒更徘徊。

不知不觉,我悠然自得地来到了苏堤,在湖泥葑草筑就的堤岸上,顿觉清香拂面,鸟语如歌。这时,迎面走来一位峨冠博带、长髯飘逸、仙风道骨的老人,我还没来得及呼喊,老者便飘然不知去向。莫不是我的到来惊扰了他的宁静?或许是他原本就不喜欢嘈杂与喧闹?猛然间,我屏声静气,将脚步迈得极轻……

杭州因西湖而出名,西湖又因苏堤而美,而苏堤又因苏东坡的大名而享誉中外。苏轼作为杭州太守,真正为官一任造福一方,苏堤的修筑,方便了西湖两岸的百姓,并因此使百姓永远记住了这位善良达观而又命运多舛的老人。

和西湖相连的便是孤山了。孤山原是湖中的一个小岛,后经白居易、苏东坡两任太守分别修了白堤和苏堤使孤山与岸边相连,所以,孤山不孤。孤山与其他的景色相比算不上美,但因有秋瑾女士的遗骨安葬于此,便有了更深的含义。秋瑾才貌双全,且又侠骨柔肠,伫立她的雕像前,看到她容貌秀美、目光清澈、面对她的孤独,我的灵魂似乎受到了震撼。此时,忽然想到了她的《对酒》诗:

千金不惜买宝刀，

貂裘换酒也堪豪。

一腔热血勤珍重，

洒去犹能化碧涛。

　　这首诗写在日本,诗中表现了她对友情的珍重和一个革命者的壮志豪情。

　　时值正午,酷热难耐,此时我已是大汗淋漓,站在断桥上,幻想这会儿下场雨该有多好,可不解人意的天公硬是多情地倾洒炙热的阳光。即便如此,也丝毫不减我的兴致。

　　此时此刻,我的思绪如这湖水一样涌动。我想到了白娘子与许仙的奇遇,想到了在断桥上白娘子对许仙爱恨交织的哭诉,想到了法海好好的和尚不做偏要去管人妖的相恋,活生生地弄得人家妻离子散,最后自己也落了个躲进螃蟹壳中的狼狈结局……断桥因美丽的传说而美,又因断桥残雪而有了别样的美。

　　遗憾的是,此时正是初秋,阳光灿烂,没有漫天大雪。

　　到了西湖,岳王庙是一定要看的,岳王庙就在西湖的旁边。岳飞精忠报国的故事可谓家喻户晓,耳熟能详。他那首气势磅礴的《满江红》又激发了多少人的爱国热情和壮志豪情。只可叹,从古到今总是忠臣遭陷害,小人常得志。所幸的是,英雄是不会被遗忘的,英雄精神总是受世人敬仰和称赞:"青山有幸埋忠骨,白铁无辜铸佞臣。"

　　出了岳王庙,对面就是西湖的另一景"曲院风荷"了,此处是赏荷的最佳去处。"接天莲叶无穷碧,映日荷花别样红",如果是在盛夏时节来赏荷,那真是景如其名了。只可惜现在满眼的残荷败叶,已看不到"最是那一低头的温柔,象一朵水莲花不胜凉风的娇羞"的景致了。

看到这些残荷败叶,我竟有些落寞和伤感,历史仿佛给我开启了一扇门,我似乎看到了那些孤高气傲的文人雅士的孤独和寂寞,那些风华绝代的风尘歌姬的忧愁和叹息。我忽然明白,杭州的历史因为他们而底蕴深厚,无限丰盈;西湖的美因为他们而别具情怀,风情万种。

此时,人海依然如潮,置身其中,尤感孤独,环顾四望,竟都是一些陌生的面孔,就连刚才看过的一些风景也变得有些模糊了。

有凉风轻轻吹过,顿觉惬意满怀。在我转身的刹那,一切将慢慢消逝,而留在我记忆中的却是那一朵水莲花,不胜凉风的娇羞……

东行记

　　正是初秋时节。而此时的江南却是十里长街，桂花飘香。我有幸被邀请参加"悠悠江南情书系"的文学笔会和作者签约会，因消息来得突然，事先没做准备，就临时买了一张无座的车票，凌晨三点多钟赶到了火车站，仓促之中登上了由信阳开往宁波的列车……

　　上车一看，眼前的景象让我好生懊恼，平生从未遇过如此窘境，十四号硬座车厢座无虚席，走廊过道，人们横躺竖立，根本无插足之地。厢内灯光昏暗，闷热嘈杂，空气污浊，令人屏气掩鼻，其形其状，狼狈不堪，片刻之留，就会难忍、窒息。但见那密不透气的人流，宛如一道人肉长城。我不禁感慨：中国真的乃泱泱大国，这人口多得没地儿去都在车上漂流啊。怪不得交通拥挤，住房紧张，资源匮乏，就业竞争激烈……哈哈，此时此刻我居然关心起人口问题，还是着眼现实吧。回到现实，面对其景，我心生绝望，漫长旅途，如此煎熬，我岂能忍受，可列车已启动，无退路可言。无奈，又暗生侥幸之喜：说不定中途有人下车呢。可看看那拥挤的人流，即便是有，又怎能轮得到我呢？

　　这时，"路曼曼其修远兮，吾将上下而求索……"的诗句在我脑海一闪而过,对,要拿出求索的勇气,下定决心,不怕牺牲,排除万难,去争取卧铺车票,不过就一张小小的卧票,有何难矣!一股豪情油然而生,我相信自己一定能跨越这道人肉长城,去十号车厢求得一张卧铺票。历经艰辛,我终于气喘吁吁、汗流浃背地挪到十号车厢,原以为经历了风雨即可见到彩虹,谁知"卧票已售完"五个大字横在眼前,我眼前一黑,腿脚发软,刚才的豪情壮志顷刻间荡然无存,真的是绝望至极。但我仍满怀希望地祈求列车员。"真的是没有办法,回你自己的车厢吧。"列车员无情地拒绝了我。我回过头去,看到那黑压压的人流,想到刚才从十四号车厢到十号车厢的历程,近五个车厢的距离,我仿佛走了半个世纪,可谓红军两万五千里长征,爬高山沟壑,踏险滩急流,忍闲语怨气。若再回去,不仅那些在走廊过道横躺竖立的人不会允许,就连我自己都没有信心。情急之中,也该老天怜我,我忽然想到了餐厅的车厢,兴许在那里可有办法解我无座之困。这真是"山重水复疑无路,柳暗花明又一村"!餐厅车厢与十号车厢只一厢之隔,或许是心怀希望吧,我毫不费力地就来到了九号车厢——餐厅车厢。

一进到九号车厢就感到凉风阵阵,清爽宜人,远远看去居然还有两个空闲座位,我心中窃喜,真的是老天佑我。可还未等我坐稳,就有一个手臂上戴有"列车长"字样的人让我起来,说这是工作人员用餐、休息的地方,我好话说了一大筐,近似哀求,依然是无济于事。看来,这十多个小时的漫漫旅程,真的是老天要磨我心志、罚我体肤啊。但我仍不死心,抱着最后的希望,恳求他只要能让我在这儿坐下,我就补张卧票,并且早晨和中午都在这儿用餐,这一招果然有效,他终于松口了。我们商量的结果是:除去用餐的两个小时,其余时间按每两个小时 30 元钱付费。他佯装一脸无辜,说这是餐厅车厢的规定,他也没办法。我明知被宰,却也无可奈何,谁让我自己不能忍受无座的痛苦呢?

就这样,我费了九牛二虎之力,终于坐上了座位,尽管有些堵心,但还是有了一份安定下来的欣喜。这时,正是凌晨四点五十分,疲惫不堪的我,感到睡意正浓浓地向我袭来。

仅一小会儿,我就感到了由里而外的寒意,我冷得直打哆嗦,车厢的冷空调,让我深深地感觉到冰天雪地的寒冷。

此时,列车正风驰电掣般向东行驶,而睡意顿消的我却感慨万千⋯⋯

曾经一度标榜自己如何追求精神生活而淡漠物质享受,在今天,当理想在现实面前彻底土崩瓦解时,我不得不承认,金钱的力量真的是无比强大,它就是一张畅通无阻的通行证,在世界任何一个角落,都可以满足你想要的生活。至此,我终于理解了"有钱能使鬼推磨",钱比"法"大、比情大的说法。

想到此,我的心骤然黯淡,一丝悲哀袭上心头,这小小的插曲,让我去江南寻梦的美好心情和愿望消失殆尽,我甚至怀疑,我所追求的那份理想的信念在残酷的现实面前能否依然坚守,我难过地闭上眼睛,再也无心去欣赏沿途优美的风景⋯⋯

而此时,列车依然在快速地前行⋯⋯

路桥,那一丝淡远的幽香

　　于夜色苍茫、万家灯火时,我一身疲惫、一身风尘地走进了台州,走进了路桥。

　　说实话,初到台州的时候,对其印象不好。

　　那夜,一辆大巴把我扔在了人地两生的台州。站在路边,尘土飞扬,举目四望,人迹稀少,只有一辆又一辆急速行驶的车,我的心有些茫然,这就是我要来的美丽的江南吗?这就是我要来的东部富饶的台州吗?这就是我千里迢迢、满心欣喜地来参加"悠悠江南情书系"文学笔会和签约作者会的路桥吗?可环顾四周,哪里有古朴的青石板,哪里有小桥流水的水墨江南?时值初秋,夜寒风冷。约莫过了半个小时,终于等来一辆出租车把我带到了宾馆,住进宾馆以后才知道,这里不是路桥,只是台州市的椒江区。

　　就这样,第二天我走进了路桥,走进了南官书院广文文学院。

　　路桥是台州市的一个行政区。据传南宋初年,高宗赵构被金兵追赶,航海南逃至台州。当时恰遇滂沱大雨,到了马铺地段,所骑的马疲惫不堪,骤然扑倒(因此这里就叫马扑,后转音为马铺)。赵构心中十分焦急,后经一当地老者引领,架了不少便桥,才得以出去。赵构问起此处地名,当地的官员立刻抓住机会,请赵构赐名。赵构想了一会儿,说此地的路即桥,桥即路,就叫"路桥"吧。

就这样,"路桥"的地名由此得来。

路桥古朴、灵秀,像一幅浓淡相宜的水墨画,我立刻被它那种淡淡的神韵所陶醉,而更让我迷醉的是南官书院广文文学院。

真的没想到,于喧嚣嘈杂的闹市之中竟然有这么一处净土。它的建筑以竹木、砖为主,看上去古朴、典雅、端庄。移步而入,那一股氤氲弥散的清香和淡远的书墨香很快让人融入其中,让浮躁的心得以宁静。

我轻轻地漫步书院,步履是那么从容、淡定。在一幅幅楹联墨画前凝神屏气,仿佛在浩瀚的知识海洋徜徉,又仿佛在远古的时代,与一个个才子佳人吟诗作对,举杯交盏……

此时,我真的已迷醉。不仅仅是迷醉,更是折服、倾心于书院那素雅的神韵和淡远的幽香。

尽管时值初秋,可酷热仍不肯散去,书院外骄阳似火,书院内清爽宜人。此时我不禁感慨:在这样一个物欲的社会,在这样一个闹市之中,竟然有这样一方净土,有这么一群热心文学事业的人,不受外界刺激和诱惑,无偿地举办了五十多期文学讲座和一些文化沙龙活动,是他们默默地把中国源远流长的文化传扬,这是怎样的一种精神啊!看到那一个个为书院倾心相助的文人墨客,我不由得肃然起敬。

路桥,是你深厚的文化底蕴孕育了南官书院广文文学院这朵奇葩,还是南官书院给你添了浓墨重彩?我知道,这是一种相得益彰的契合。

路桥,那一丝淡远的幽香将伴我一路远行……

怀谦卑之心,感天地恩泽

　　写下这个题目,我的心竟有一丝忐忑和不安。因为"感恩"是两个沉甸甸的字眼,我这么轻易地脱口而出,是不是轻率之举呢?

　　"感"做动词讲,是由"咸"和"心"组成,是品味到心灵的感觉,进一步升华就是"人的思想、感情受外界事物的影响而激动"。"恩"由"因"和"心"组成,《说文解字》是这样解释的:"从心、从因,因从口大,乃就其口而扩大之意,亦含有相赖相亲之意,心之所赖所亲者,彼此必有厚德至谊,故恩之本义作惠解,即他人给我或我给他人之情谊、利益,称之曰恩。"

　　我这么煞费口舌地解释,似乎很苍白,但我想说的是,"感恩"不仅仅是嘴上说说而已,更是要靠我们用心地去做,去实现。当我们得到恩惠时,要用心地报答,因为感恩里面包含着最朴素的人性和良知。

一

　　我喜欢行走的感觉,在不断的行走中,眼睛和心灵受到的冲击总是让我收获意想不到的快乐。可 2012 年 5 月的甘肃—新疆之行却让我行走的脚步缓慢，我的内心像被蒙上了厚厚的冰霜，沉甸甸的。

我一直渴望在茫茫戈壁上真正领略王维"大漠孤烟直，长河落日圆"的奇特、开阔、意境雄浑的画面，可我眼里的景象却是那么荒凉、贫瘠。绵延数百里荒无人烟，偶尔有几处农舍也是由泥沙堆砌而成，低矮、破旧，随时都有被风沙埋没的可能。沿途除了迎风摇摆缺乏营养的骆驼草(刺)外，只剩下一望无际的戈壁滩可怜地裸露着干瘪的胸膛。我努力地闭上眼睛，可烙在心里的印记却始终抹不去，我无法阻挡模糊的视线。那一瞬间，心底生发出对这里的人民和骆驼草(刺)崇高的敬意和深深的怜悯。

二

"羌笛何须怨杨柳，春风不度玉门关"，和煦的春风吹不到这里，又哪来的杨柳吐青呢？王之涣！你是在谴责还是抱怨上苍的恩泽不能惠顾这里，抑或是在可怜守卫在这里的士兵和百姓？那一刻，幽幽的羌笛声正缓缓地飘过上空，在茫茫的戈壁、沙漠上盘旋，那一刻，我似乎听懂了你低沉的叹息和无奈的伤感。

是啊，这里根本看不到清澈的河水，峻拔的峰峦，有的只是无尽的沙漠和戈壁。无法抑制的忧郁情绪也随着绵长的戈壁延伸。我不明白，跟过去相比，有哪次的旅行像现在这样深深地触动着我。

一路上，"感动"和"感伤"总是在纠缠着我。我的感动来自上苍对我和我家乡的厚爱，我的感伤来自上苍对这里的土地和人民

的杏曹,同是天地的子民,为什么厚此薄彼,为什么不把甜美的甘露惠施于此? 我竟有些愤愤不平。

三

我始终忘不了那个导游,她是个快乐、壮实、皮肤微黑的甘肃女孩儿。我至今还记得她对我们说的第一句话,她说:"你们是我今年接待的第一批尊贵的客人,我们这里很久没有下雨了,希望远方的尊贵朋友能给我们这里带来好运,带来雨水,同时,希望我的服务能让你们满意。"那一刻,导游真诚而善良的愿望竟让我深深地感动。那一刻,我也在心里用我真诚的心和卑微的灵魂祈祷,愿上苍满足导游的愿望,恩赐于这里的土地和人民。住在敦煌的那个晚上,面对水管流出的清水,我是那么小心翼翼,我甚至有一种犯罪的感觉。

我总是在想,面对这里恶劣的环境,生活在这里的人怎么会快乐和幸福呢? 我试着跟导游聊天,让她走出西北,去内地、沿海城市发展,可是,她拒绝了。从年轻的导游身上,我看到了她诚实、善良、乐观、向上、积极的人生态度,尤其是那份对家乡的热爱和自豪,对家乡的不离不弃让我无地自容。

四

西北之行激发了我对自己的家乡——新县有了更多的眷恋和感激。当回程车驶入新县,映入眼帘的却是另一番截然不同的景致:满目苍翠,峰峦峻拔,河水灵秀。仰天吸一口气,就感到那么清爽,甜滋滋的。一股骄傲和自豪之感油然而生,新县——你这天地的宠儿,豫南大地的一颗璀璨明珠,上苍真是给了你太多的恩泽,而我又是何其有幸啊,能生长在这里成为你的儿女。那一刻,幸福和感动模糊了我的双眼。

是啊,和西北相比,新县太美了,美得让人心跳,美得让人眼花缭乱,美得让人喘不过气来,美得让人的脚步不由自主地停留,到处是莺歌燕舞、姹紫嫣红,到处是一派祥和的气象。新县给予了我们太多,不仅是美的滋养,更是精神的滋养,祖辈人坚强、勇敢、积极进取的精神一直在滋养、庇佑着新县的生灵。

你说,生活在新县,我们还有什么理由不快乐、不幸福、不满足呢? 还有什么理由不善待身边清澈的河水、峻拔的峰峦呢? 还有什么理由不感恩上苍的惠泽和厚爱呢? 还有什么理由不感谢那些为美化新县环境,改变新县面貌而做出贡献的人呢?

五

那天晚上我失眠了,太多太多的理由让我难安,我在想,作为新县的女儿,这么多年,我为母亲做了什么呢? 除了不断吮吸她甘甜的乳汁,除了不断索取她无私的爱,除了尽情享受她赐予的快乐,真的,我似乎什么都没做。但是,我做到了守法诚信,我做到了独善其身,我做到了……我的语气越来越轻,轻得连我自己都无法听到。

那天晚上,我试图找出为自己开脱的理由以减轻内心的愧

疚,可我的辩解却是那么的苍白无力。

六

　　人在天地万物面前是最卑微的,但是,我们总是心安理得地接受天地的厚爱和恩泽,而忘记了报答和感恩。或许我们会说要好好保护新县的生态和环境,要像爱护自己的眼睛一样爱护我们生存的家园,可是,我们该怎样来保护和爱护呢? 其实,感恩也无需轰轰烈烈的壮举,只要常怀谦卑、敬畏之心,用心去做,从身边的小事做起,尽己所能便足矣。

　　譬如,我们可以不让清澈的河水蒙尘,不随便乱挖乱倒、乱丢乱弃,随手关闭滴水的龙头,放下身段弯腰捡起地上的废纸屑,制止乱停乱放、乱砍滥伐,制止攀爬折枝的不良行为,维护和遵守交通秩序,参加公益活动,搀扶老人和小孩,面带微笑,衣冠整洁,邻里和谐,相融共生……哦对了,还有更重要的,遵纪守法诚信,不奢侈浪费。不错,钱是你自己的,但千万别忘了,资源可是国家的,人人都有权利享用国家的资源。因为你的奢侈,你浪费的不仅是国家的资源,更重要的是破坏了生态,污染了环境,这是和百姓息息相关的。

　　试想,如果人人都能做到这些,新县又将会是怎样的气象呢? 这些微小的细节里是否包含着深厚的感恩情怀呢? 从身边的小事做起吧,这里面也有最为朴素的人性和良知。

兰花草

无须轰轰烈烈,无须雍容华贵,悄然绽放,在寂静的幽谷。

岁月沉香,在你淡雅的花蕊中,弥久不散。

你把所有的心事,藏在密林、草丛、山涧、深谷,不事张扬,拒绝喧闹,不谄媚,不争宠。

你高不过十寸,素心若雪,超然出尘。流连在你的面前,我总是低下头颅,在灵魂深处把你仰望。

夜深人静,你总会潜入我的梦中,告诉我,现世安好,岁月静美。

而我,也总能听到你的声音,在沉沉的梦中醒来。

现世安好,岁月静美。

在对你恒久的凝望中,我唯愿:一切如你所愿!

七月短歌

一

欣喜激动，诚惶诚恐。

那一刻，面对那些熟悉而又陌生的名字，陌生而又熟悉的面孔，我竟有些恐慌。

心里颤动的那份惊喜、激动让我不知所然，内心的那份对文字、对散文的热爱，在面对自己敬重的人和文章时，我的表达语无伦次。

二

七月流火，阳光炽烈。

金兰山脚下，仰望高高的山顶，内心的畏惧被一分虔诚抹去。其实，我不是一个虔诚的信客，我只是一个怀揣俗念的俗人，看着那些年老的、年少的、体弱的、强健的同行者，他们的脸上写满了坚毅、执着。他们登高，不畏酷暑，不畏石阶陡峭，或许是为了一个美好的信念,或许只是为了赏景、览胜。而我不同,我只是为了一个俗之又俗的愿望,尽管这份愿望被冠以美好而又那么强烈,当袅袅的香火灼伤了我的手背时,我突然感到一丝羞愧。

我这俗不可耐的举动竟然把一位同行的友人感动,他随即赋诗一首:

访道金兰不畏难,敢攀天梯入云间。

神仙应知慈母爱,心诚求得上上签。

三

书声琅琅,墨香飘飘。

一直以来,我只是一个借文字来抒发自己内心情感的女子,我的书写似乎不关乎他人。今天,当双脚踏上这片土地,我突然感到脚步竟有些沉重,神思有些恍惚,环顾四周那些熟悉又陌生的教学楼、绿茵场,那沉寂已久的梦,再一次被琅琅的读书声和随风飘来的墨香唤醒。面对莘莘学子,我突然明白了,我今后的文字将多了一份责任,不仅是母亲对孩子的责任,更是对社会的责任。

四

今夜流光溢彩,今夜笑语欢歌。

一场盛宴在此时上演,这是一场文学的盛宴,这是一场友爱、真诚的盛宴。因为心存文字,因为心存热爱,因为心存美好,因为心存感动。

我的感动只缘于你的诙谐,你的幽默,你的睿智,你优雅的谈吐,你美妙的歌声,你抑扬顿挫的朗诵,你优美的舞姿,你律动的青春,你忧郁而又激扬的文字,还有你为这场盛宴默默的付出……

太多太多,那一瞬,感动把我空荡的心填得满满,而感动又让我觉得世间因为文字而变得更加美好。

这个七月,因为文字,我们邂逅;这个七月,因为感动,我们心存美好。感谢七月,因为你我相逢。

失眠与聪明

似乎在一本书上看到这样一句话："失眠的人,大多是聪明的人……"看后,我窃喜,原来我也是聪明的人啊。

说我聪明,我的确不傻。字识得几个,诗词学了几首,文章看了几篇,歌会唱几支,还可以摆弄乐器,弹几支曲子,偶尔也附庸风雅东拼西凑几篇小文。这些,真的非一般人所能为,我这聪明之人,当然不在话下了。

所以,我失眠活该,谁让我聪明呢!还真应了《红楼梦》里的那句话:聪明反被聪明误。尽管这比较不太恰当。

我的聪明不是偶尔的、间歇性的,它的持续性很长,长到我都记不清了。反正从我识得几个字,能看大篇的文章和大部头就开始了。从那时起,聪明就一直伴随着我,并多情地滋养我的大脑和心灵。

我的大脑被滋养得早生华发,面容也过早地成熟。生活真的很宠幸我,把一些人生的印记浓墨重彩地渲染在我的脸上,使我看起来别有韵味,并且很妩媚、妖娆。

我的身体也毫无例外地受到聪明的照顾。聪明的确非同一般,它知道我意志薄弱,经不起诱惑,也知道我爱美,抽去了我身

体多余的脂肪,免去了我因为贪食而拒绝美味佳肴的诱惑。因为减肥而遭受的痛苦和煎熬,让我看起来像风摆杨柳,纤弱、娉婷,简直一个十足的病西施。尽管有些弱不禁风,不堪一击,可不管怎样,终于跟西施靠上边儿了,管它病态不病态呢!

聪明真的很眷顾我。在这个急速发展、物欲喧嚣的时代,它知道我没有能力去适应社会,没有能力去追求权力,没有能力去享受物质,所以,它就给了我另类的生活。白天,别人在拼命工作,我却韬光养晦。晚上,人们都休息的时候我却思绪飘飞,漫无际涯。我用异常活跃的思维,思考着我的未来。我的未来,在我不着边际的想象中,异彩纷呈。

人生因为有梦而精彩。可我因为梦太多而深感无奈。

时常,人们都在用有节奏的呼吸声编制五彩的梦,我却沉浸在对未来美好的憧憬中,因着这份无奈的憧憬,我的思绪如脱缰的野马一样一发不可收,不是我放纵思考,而是我根本由不得自己。

我的梦经常是穿越了时空、穿越了古今,我的年龄、身份、性别也不断地变化,从孩提到青年再到老年,从贫穷到富贵,从穷山恶水到美景如画,从灰姑娘到白雪公主,从七个小矮人到英俊的王子,甚至从人间到地狱。

我的梦真的是稀奇古怪,惊心动魄,在我营造的美好梦境中,我常常可以随心所欲地过我想要的生活。人们总是爱说,人生难得几回醉,可我却经常醉倒在自己的梦里,每当我陶醉得忘乎所以时,非常遗憾的是,梦总是在不该醒来的时候醒来。每当此时,为了重温那迷人的梦境,我都会不遗余力地追寻到天明。

也有的时候,我会堕入地狱,在与妖魔鬼怪的纠缠与厮打中,我会大汗淋淋、浑身发抖,窒息死掉,这个时候,我多么希望有人来救我、叫醒我,非常遗憾的是,梦总是该醒的时候不醒。

说实话,我的梦真的可以同蒲松龄的《聊斋志异》媲美。只是,我太聪明,才不屑写这类的小文,等哪天我不聪明了,我一定写一部让天下人赞美、让蒲公惭愧的惊世之作。嘿嘿,但不知是否要到猴年马月了。

现在的人都在刻意地追求与众不同。你看,因为我聪明,才有机会过这种黑白颠倒、与众不同的生活,所以,我毫不费力地拥有并享受了它。

如此看来,这失眠的好处还真不少呢,它不仅可以让你拥有别样的人生,它还可以圆你成为一个聪明人的梦。各位观客,如果你们喜欢,我可以免费赠送。要不你们也来试试,尝试做一个聪明的人。

反正我是不想了,我还是不聪明的好。

疯言痴语

　　我一直在清醒与糊涂的边缘行走,这种相互对立的感觉让我觉得很刺激,也很受用,我甚至沾沾自喜地沉醉在这种感觉中。

一

　　我的清醒来自对自己的认知,我不在乎别人怎么看我,生活中的掌声和鲜花是对我的肯定,是生活馈赠于自己的礼物。相反,你的非议也好,你的吐沫也罢,统统与我无关,我可以遗世独立地无视你的存在。

　　"走自己的路,让别人说去吧!"这句话一直是我的行为标杆,在生活的路上指引着我。我做不到:走自己的路,让别人无路可走。我的能力和修养根本达不到,所以,我只有在人生这条寂寞的小路上彳亍。那沿途迷人的风景从不曾让我行走的脚步停歇,尽管我陶醉过,忘乎所以过,甚至也曾彷徨、迷惘过……

　　其实,那沿途的风景完全是我的想象,抑或是意淫。而我的行走,纯属个体的行为,不会妨碍别人的前行。

　　至今,在这条路上,我不曾收获成功,也没有鲜花和掌声,但我仍然要不停地走下去,一直走到无人喝彩,一直走到我不再清醒,一直走到我垂垂老矣。

我寂寞而又清醒地行走,其中的滋味又有谁能体会呢？在这里我套用曹雪芹的话:满纸荒唐言,一把寂寞(辛酸)泪。都云作者痴,谁解其中味？

二

首先声明的是,我的糊涂绝不是郑板桥"难得糊涂"里的糊涂,我的境界远远没那么高。

我说自己糊涂其实真有点抬举自己,这是糊涂吗？分明是呆得盖了帽了,傻得到家了。不过,现今的"呆"和"傻"你要重新来认识,它被赋予了褒奖的成分。比如夸奖一个人时你可以夸张地说:呀！你真是帅呆了！你那傻傻的样儿,好可爱哟。你看,这"呆"和"傻"此时听起来多么舒服啊。当然,我与这呆和傻是靠不上边的,我既不帅又不可爱。话扯远了。

回到正题。我的糊涂在于这辈子我就没有清醒过,我非常执着地寂寞地行走,行走在一条没有尽头、没有希望的路上,我居然乐此不疲,还傻乎乎地以为自己享受了,自己收获了。其实,那是一条无人在意、无人踏足的路,一条不能给你物质、不能给你舒适、不能给你荣华的路,一条让你憔悴了容颜、耗费了心血的路。

有时,我很阿Q地认为,即便这不是通往康庄大道的路,也不是什么人都可以在这条路上潇洒、自如地行走的,你得有行走的通行证,这通行证便是:勇敢执着,心无旁骛。做到这点,何其难

矣！这万丈的红尘，你能免俗吗？反正我不能，所以，我走得磕磕绊绊，不够彻底，尽管我如此地勇敢、执着。

三

我仍然寂寞而又固执地行走。对，固执！我终于找到了一个很正确的关键词：固执。原来我所谓的执着其实说到底就是固执。固执于我是再恰当不过了，我很清醒，也很悲哀地认识到这点。

时常，我误以为那耀眼的红罂粟就是人间最美的花朵，我也经常犯农夫和蛇故事中农夫一样的错误，也总是在遍体鳞伤之后才承认自己的老眼昏花和愚蠢。这样，在经历了伤痛以后，我变得智慧了，如果再见到耀眼的红罂粟，我会像一个欣赏者一样，不去触摸它，而是远远地观望，哪怕遇到了冻僵的蛇，我依然会怀着怜悯的心找一些取暖的东西，而绝不是用自己不太温暖的怀抱。

如此看来，我还是收获了，至少我懂得了"吃一堑，长一智"，我再不会让同样的错误连续犯三次。

行走的过程，其实就是收获的过程。这一路走来，不光是风景旖旎，也有杂草丛生，透过这不一样的风景，我学会了去留无意，学会了宠辱不惊，学会了用闲适的心态，闲看庭前花开花落，漫观天外云卷云舒。更重要的是，在人生的路上，我不仅收获了人间最美的情意，亲情、爱情、友情，同时体会到了一种快乐和幸福，那就是：行走的自由，精神的自由，心灵的自由。真的，失去了自由，你给我一座金山我都不要。

这似乎就是我的清醒所在呢！话说多了就有些痴人说梦了，但我绝不是说梦。

四

我一直喜欢做梦，一直喜欢雾里看花的感觉，而不喜欢水中望月，她太脆弱，一阵微风就可以让她破碎。其实，雾里看花和水中望月是两个相同的概念，说的都是一种变幻莫测的现象，而我却宁愿曲解这两者的含义，把雾里看花包装得尽善尽美。

雾里看花，你可以透过朦胧的意境，让你的思绪飘飞，让你的遐想漫无际涯地神游，最终达到至善至美。就像是做梦，梦里你可以蹁跹若少女，你可以潇洒若王子，你可以荣华富贵，你也可以才貌兼得……总之，梦固然美好，但你总得有醒的时候。梦醒了，你什么都不是，你依然是你，留给你的是对梦中意淫的伤感。

由此，我不得不否认，千百年来被人们引为真理的一句话：透过现象看本质。雾里看花就是一种表象，表象是美的，但本质呢？或许，那绽放的花朵正在慢慢地凋零。无情吧，残酷吧，你接受与不接受都没有关系，它依然存在，事实就是如此。

可我依然喜欢雾里看花，在朦胧的意境中做着不着边际的、美丽的梦。至少，梦中的我是快乐、幸福的，也是自信的。

说我狂人也好，说我阿 Q 也罢，我就是我，一直在寂寞地、糊涂地行走，我愿意就这么糊涂地走下去，直到永远。

离去与不朽

似乎他并未走远，只是去了另外一个地方，他终归会回来的。我如是说，却也是强烈地希望着，他只是短暂的离开。其实，他依然活在我的心里，不仅是他的文字，还有他的精神。

他有一个坚实而又寄予着美好希望的名字——铁生！可命运却偏偏让他饱受残酷和磨难，他的生命没有像他的名字一样，坚硬地、长久地生存。

史铁生！一个命运多舛的作家，只差一天，没能走进 2011 年，在 2010 年的最后一天离开了这个对他如此不公的世界，享年 59 岁，差那么一点点儿，一点点儿，一个甲子。

这个年龄应该是作家创作的黄金期，可他却没有继续，尽管他极不情愿，也很无奈。

在当代的文人中，我最佩服也最欣赏的当数他了。

知道他是从他的获奖文章《我的遥远的清平湾》开始的，而感动我、震撼我的却是他的散文《我与地坛》。

从他的文字里可以看出，他是宽厚、仁慈而又豁达的，他坦然面对命运的不公，不怨天尤人，不牢骚满腹。每次读他的文字，我的心都会感到痛楚，为他的饱受疾病的折磨，为命运给他无情的遭际。

21岁,是个爱做梦、爱狂想的年纪,而就在那一年,一场疾病让他高位截去双腿,从此,他最灿烂、最美好的年华不得不留给了轮椅。

最初的几年,他的世界一片黑暗,工作、希望、快乐、幸福统统失去了,包括生存的勇气。这个时候,他摇着轮椅无意走进了地坛。走进地坛,实则是他的一种逃避,从一个世界逃避到另一个世界。

地坛实际是一座荒芜、破败,异常宁静的园子。

就这样,怀着痛苦和绝望,他孤独、寂寞地摇着轮椅行走在园子里,而园子的宁静让他无时无刻不在思考着"生与死"的问题。他终于悟出:死是一件不必急于求成的事,死是一个必然会降临的节日。这样想过之后,他安心了许多,眼前的一切也不那么可怕了。

既然放弃了死,那么选择如何生呢?透过园子里那些生物的花开花落,繁盛凋零,他从中又得到了生的启示。所以他说:因为这园子,我常感恩于自己的命运。我甚至现在就能清清楚楚地看见,一旦有一天我不得不长久地离开它,我会怎样想念它,我会怎样想念它并且梦见它,我会怎样因为不敢想念它而梦也梦不到它。

每一个鲜活的生命在接受上苍赐予甘露的同时,也得接受一些生活的磨难。可是,上苍对他太残酷,让他瘫痪还不够,又在他三十岁的时候,让病魔再一次袭击了他的双肾,直至发展成尿毒症,从此他隔日就要去医院做血液透析,这于没有固定收入的他

而言,又是怎样的苦难啊。

　　我时常在想,如果常人遭受这样残酷无情的命运,是颓废、沉沦,苟且地活着,还是像他一样与命运积极地抗争?我想,大部分人会选择在无休无止的抱怨声中不甘地、遗憾地死去。

　　可是,他却没有。不能行走隔绝了他与外界的联系,思维却让他驰骋万里,他用善良、宽容、道义和责任去感知世界,体味世界。他把人间的一切不公、苦痛、灾难都看成一种差别,他承认差别是存在的,所以只能接受。

　　"于是就有一个最令人绝望的结论等在这里:由谁去充任那些苦难的角色?又由谁去体现这世间的幸福,骄傲和快乐?只好听凭偶然,是没有道理好讲的。就命运而言,休论公道……我常以为是丑女造就了美人。我常以为是愚氓举出了智者。我常以为是懦夫衬照了英雄。我常以为是众生度化了佛祖。"(史铁生《我与地坛》)

　　这是怎样的豁达和心灵的超度。

　　他时常梦想着在人间彻底消灭残疾。而这梦想又怎样纠缠和折磨着他。

　　著名作家王安忆曾以《倘若史铁生不残疾》为题目写了一篇文章,文中说:"倘若史铁生不残疾,会过着什么样的生活?也许是,'章台柳,昭阳燕',也许是,'五花马,千金裘',也许是'左牵黄,右擎苍'……"

　　这样的生活他也应该有的,凭什么他不能拥有这样的生活。我不去设想他该有怎样的生活,但假如他不残疾,至少比现在胜过千百倍,至少不会遭受这样残酷无情的苦难。最重要的是,至少他肯定还在活着。

　　据说,他走的时候很安详。其实,生与死在他的心里早已不重要,他这么顽强而又艰难地活着,并写出了那么多激励人心、感人肺腑的文字,并不只为他自己,其间也有生存的需要。他活得太不易,或许,上帝不忍看到他承受太多的苦难,就以这样的方式让他暂时离去吧。

　　但他留给我们,留给这个世界的文字是不朽的。他一直活在他的文字里,如同文字一样不朽。

拷问灵魂

　　在一本杂志上，我看到这样一则小故事，据说，这故事是真的。

　　在通往山里的一辆中巴车上，三个歹徒持刀威逼着漂亮的女司机，要司机把车停下，去"玩玩"。女司机大呼："救命啊，抓流氓啊！"可一车的乘客竟没有一个人说话，竟装作什么也没发生似的。这时，站在车门旁的一个瘦弱的中年人扑了上去，并大喊着"大家都上！抓住流氓！"可车内依然沉默。身单力薄的中年人被三个歹徒打得口鼻出血，躺在地上动弹不得。三个歹徒把女司机拖进路边树丛……

　　过了好长时间，三个歹徒推搡着女司机回到车上。这时，女司机忽然对瘦弱的中年人大发脾气，还骂骂咧咧，叫他滚下车去。中年人不肯直言好心没好报，女司机不由分说就把中年人推下车去，随即扔下了他的行李和一沓退票款，三个歹徒扬扬得意还放肆地狂笑。不用多想，这个时候，中年人的心里是憋屈的。

　　汽车开动了，越开越快，行驶到一个下山陡坡的时候，车速如飞，三个歹徒和一车的人还没醒悟过来，车已坠入山谷……

　　看到此，我的心久久不能平静，掩卷深思，我反复思考"人性"

这两个字。从这件事上可以看出：人性的丧失，人性的冷漠，人性的悲哀，人性的绝望。我理解似乎又不理解女司机极端的做法，往小了说，这是女司机对乘客沉默的报复，往大了说，这是女司机对人性的彻底绝望。绝望之后的女司机心里只有仇恨和报复，她心里一定在想：反正我也不想活了，既然你们这么多人眼睁睁看着我这般受辱，那又与这些歹徒有什么两样？我何不让你们陪着我一起死，黄泉路上也有伴儿，最主要的，我要让你们为沉默付出代价。

这个时候，女司机的心灵是扭曲的。确切地说，三个歹徒应该死！那些沉默的乘客理当受到谴责，可是他们罪不至死啊。然而，她没有想过，她这么做的后果，要让多少无辜的人痛苦！要让多少个无辜家庭破碎！

是啊，假如车上的人齐心协力，三个歹徒是可以制服的，一幕惨剧就可以避免，可是为什么就没有呢？是事不关己，还是明哲保身？如果那女司机是自己的姐妹，我们还会无动于衷吗？是什么让我们的人心变得如此冷漠呢？

突然，一个问题跃上心头：假如我当时在车上，我会怎么做？这样一拷问，我不禁羞愧难当，冷汗直冒，我设想了很多种结果，但唯一的结果却是：我也会胆战心惊，保持沉默。因为我是个弱女子，我手无寸铁，手无缚鸡之力，假如我上前阻止，也只能是自取其辱，万一发生不测，我该如何向家人交代。这是我沉默的理由吗？我这么有气无力地为自己辩解，是想求得自我的原谅，还是为自己的软弱和冷漠找一个正当的理由？我想，车上所有的乘客都和我有同样的想法，正是因为我们心里有这么多的羁绊和顾忌,正是我们心里放不下太多的东西,正是因为我们的人心变得越来越冷漠,所以,才助长了邪恶的种子,才导致了惨剧的发生。

只能这么说:这是一个物欲膨胀的时代,这是一个人情愈发冷漠的时代,这是一个大话、空话泛滥的时代,这是一个缺乏英雄,尤其是大无畏英雄的时代。那个中年男人,无疑是这个时代的英雄,所以,英雄总是不被人遗忘的,尤其是在性命攸关之时。那个女司机,心里淡漠了一切,她唯一惦念的就是她心目中的英雄,至此,这也是她感恩英雄的唯一方式。她用这种极端的方式,让英雄活了下来,让人们记住了英雄。

时常,在这个社会,我们总是在抱怨,我们付出的太多而得到的太少,我们甚至会不平衡,凭什么有的人可以过那么富足的生活,而我们依然没房、没车、没票子。可是,我们是否想过,社会就像是一块土壤,在这块土壤里,我们赖以生存和呼吸,我们吸足了养分。尽管空气有时污浊,可我们为肥沃土壤做了什么?我们为纯净、美化家园又付出了多少?我们艳羡那些富贵显荣的人,尽管他们的成功也有一定的机缘巧合,可扪心自问,我们付出了与他们同样多的努力和酸辛了吗?我们具备了他们身上敢于冒险、敢于失败、敢于从头再来的胆量和气魄吗?没有!我们墨守成规,故步自封,满于现状,因为我们害怕失败,更经不起失败。所以,我们注定要眼看着别人的发达和成功而自叹不如。上帝给了我们同样的机会,因为我们付出得不够多,所以,我们只能如此了。这样一想,心里就好受多了。

有这样一些人,看到一些企业或企业家向社会或灾区捐款时,便冷嘲热讽地说:捐这么一点,还不是九牛一毛,我要是这么有钱,肯定比他们捐得多。可是,我们是否想过:一千万和一百元都是一份爱,对社会和灾区,我们自己又奉献了多少?我们尽自己所能了吗?如果我们真的有钱,我们又该怎么做呢?

想起一次赈灾募捐晚会。那是一个寒冷的夜晚,在场的单位和个人都伸出了援助之手,整个会场洋溢着爱与奉献的暖意。这时,一位男人站起来说:我今天身上没钱,就把我身上穿的这件大衣捐了吧。男人这个细小的举动,竟让我感动得流泪。我当时就想,假如我也在场,我身上刚好也没钱,我会脱下抵御风寒、给我温暖的大衣吗?要知道,再多的钱在当时也给不了你温暖,而一件大衣却可以。我会忍受寒冷而奉献自己的温暖吗?

我们是否会经常这样拷问自己。

也是在杂志上看到的小故事。一辆旅游大巴载着游客行驶在弯弯曲曲的山路上,沿途的风景优美,空气新鲜,车上的一对年轻夫妻禁不住想徒步观看风景,就跟师傅说想下车边走边看,他们下车不到十分钟,就听到前面一声巨响。原来,山体滑坡,一块巨石从山上滚落下来,不偏不倚正好砸在大巴上,把大巴推下了万丈悬崖。

这个时候,大多数的人会暗自庆幸自己的运气好躲过了这场灾难,可是,那年轻的妻子却说:假如我们不下车,不耽误时间,车和石头就会错过了,那一车的生命就不会遇难啊!此时,她完全没有了对自己生命存活的欣喜,却是在拷问自己,对自己进行来自灵魂深处的谴责。

试想,在我们或喜或悲的时候,我们每个人都能经常这样拷问自己的灵魂吗?面对裸露的灵魂,我们是否感到不安、战栗和羞愧呢?

　　所以,当我们总是在喋喋不休地抱怨社会的不公和计较个人得失的时候,我们就要质问自己,我们究竟付出了多少? 这个时候,我们不妨去看看那些残疾人,不妨去看看在西部贫困山区生活的人们,看看他们的生活状态和环境,我们还有理由去抱怨和计较吗? 我们是否要感恩于上天与社会对我们的厚爱和馈赠呢?

　　不要让我们的灵魂躲在一隅,见不得天日,拿出勇气,把灵魂裸露吧! 经常把灵魂拿出来晾晒、见光,在太阳的照射下,看它是否在变质、发霉……

也说敬惜字纸

写下这几个字，我忽然想起了龙应台在她的《文化是什么》这篇文章中讲述的亲身经历。她说：在台湾南部乡下，我曾经在一个庙前的荷花池畔坐下。为了不把裙子弄脏，便将报纸垫在下面。一个戴着斗笠的老人家马上递过来自己肩上的毛巾，说，"小姐，那个纸有字，不要坐啦，我的毛巾给你坐。"字，代表知识的价值，斗笠老伯坚持自己对知识的敬重，其形象一下子在我的心中高大起来。

这是现代版的"敬惜字纸"的典范。

字乃世间至宝，人世间若无字，一切事理皆不能成立，人又与禽兽何异？不难想象，人类若无字，便如眇眼瞎般在黑暗中爬行，可以说，字如黑暗中一盏不熄的长明灯，给人以希望和前行的方向。字和纸的出现，对人类的进步和文明做出了很大的贡献。

"敬惜字纸"是中国传统文化之一。字和纸，皆集天地日月之精华，圣贤经书之妙语，无不闪动智慧之灵光。字纸的恩德，说不能尽。自古，因为敬惜字纸所获得的富贵昌达、福寿康宁、父慈子孝、儿孙兴旺之故事不胜枚举。

如今，人的价值观与过去有了很大的不同，对名利的追逐淡化了对文化应有的尊重、对字纸起码的敬重和珍惜。书籍、报纸、杂志以及铺天盖地的广告如垃圾般随处丢弃。当人们屁股底下坐着、脚底下踩着印有文字的纸张,神态是那么坦然,没有谁会弯腰捡起,没有谁会清洁上面的污垢,人们视而不见,置若罔闻,这个时候,有谁还会想起文昌帝君惜字功律二十四条和亵字罪律二十九条呢? 时代变了,人坚守的信念、道德底线、思想观念也随着时代的变迁而发生变化。信息时代、科技时代还需要保持对字纸敬重和珍惜的传统美德吗?

诚然,现在有电脑,不管写什么,只需敲击键盘即可,既迅疾又便利,再无须耗费大量的纸张,何乐而不为。可是,最终还是要付诸纸张印刷成册再交到人的手上。

由此,我想了很多。想到了文字、造纸、印刷、时间、环境,想到了有些领导的讲话稿。众所周知,文字是神圣的,纸是用树木作材料的,印刷是需要钱财的,时间是宝贵的。可有些领导的讲话稿只能用三个字概括:假、大、空。殊不知,在人们聚精会神听报告时,在领导嘴巴的一张一合中,文字被糟践了,树木被砍断了,环境被破坏了,金钱被浪费了,时间也流逝了。

扪心自问,在敬惜字纸的程度上,我自己又做得怎样呢? 我不敢称自己是个文化人,但起码也是喜欢文字的人。对文字,我总是心怀敬畏之心,不敢玷污和亵渎,每每读写文字常以卑微感恩之心,感恩古代圣贤能让我在今天的喧嚣、嘈杂中,可以手捧书卷,让自己浮躁的内心慢慢静下来,静下来……

茶禅一味

　　真的很喜欢喝茶,尤其是绿茶。喜欢用一种透明的玻璃杯泡茶,喜欢在阳光明媚、清风徐徐、空气纯净的清晨,在案上沏一杯滚烫的、淡淡的清茶,那云雾萦绕的淡淡清香,伴着古典悠然的乐曲,让浮躁的心,在云卷云舒的叶片中,慢慢散去,归于宁静。

　　喜欢过简单的生活,做一个简简单单的人,喜欢用简单的文字来抒发自己内心的感受,就像喝茶,放茶,倒水,然后慢慢欣赏茶叶在沸水的冲击下起伏不定,浮浮沉沉,最后舒展着嫩绿的叶片沉入杯底。一杯满满的无色无味的清水由此变绿,顿时,那浓郁清新的茶香便溢满了整个房间,使人身心俱爽,舒服到了极致。因为简单,所以乐在其中。

　　一次,我无意之中听到了《茶禅一味》,立即被这首乐曲所吸引。听此乐曲仿佛置身于一座深山古刹,钟声、箫声、古琴声巧妙地融合在一起,从遥远的地方飘来,直达你的心灵,使你立刻变得宁静,淡然,空灵,肃穆,真正达到了超然物外的境地。这时,人所有的欲望、烦恼、忧愁便烟消云散。

　　我想《茶禅一味》里面应该是有佛意的,但我却难悟禅道。佛学是一门博大精深的学问,要靠虔诚的精神和灵慧的悟性,而我只想做一个简单的人，所谓"智者悟禅，迷者问禅"，我很难悟到禅中所意。

记得苏东坡有副对联"茶笋尽禅味，松杉真法音"，里面也提到了茶与禅，我想：茶与禅应该是一味相同，味味相通的。我喜欢喝茶、品茶，尤其是在听了《茶禅一味》以后，更喜欢在清风明月的夜晚，让静静的房间飘散着《茶禅一味》的旋律，手捧清茶一杯，看茶叶在杯中几经沉浮，然后清香逸散……细细品味，我突然明白，品茶即悟禅，因茶悟禅，因禅悟心，品茶静心，悟禅明心。其实，芸芸众生与茶无异，只有历经沧桑磨难，经得起岁月沉浮的人，才能在平淡的人生中散发出生命的清香。

茶禅一味，味味相同而又味味无味。人生亦如此，功名利禄皆过眼烟云，无欲无求才能回归真我，才能洒脱快乐。"品到无求人无意，人到无求品自高。"

一杯清茶，一首好听的乐曲，简简单单，从容淡定，偶尔写些小文，这就是我想要的生活。其实，生活就是这么简单。

记得一位听了《茶禅一味》的朋友说："此曲真的很好听，一壶清茶，再听此曲，就你和我最好。"

是呀，人生如此，夫复何求啊。

将知醉后岂堪夸

一盏茶仅那么小小的一杯,细细品味竟品出了"洗尽古今人不倦,将知醉后岂堪夸"的感受。

这是一个秋天的夜晚,先生进门就对我说:"你这好茶之人,我给你带回一盒红茶,先不说别的,你喝完之后再做定论。"先生的表情很神秘。我暗想,尽管中国茶种类繁多,但归纳起来也就六种,无外乎是绿茶、红茶、青茶(乌龙茶)、白茶、黄茶和黑茶。我虽非见多识广,但这些茶我都一一喝过,上自极品,下到寻常百姓家的普通茶。难道此茶真的很特别?我竟有些忐忑,再看先生表情,满脸的欣喜和期待,莫非真有不同凡响之处?

水未开,我迫不及待地打开盒盖,一抹淡淡的幽香立即逸散开来。待水开,我便拿出茶匙,细心地舀出茶叶放进紫砂壶里,再注入开水,稍许,被水唤醒的茶叶开始在壶内沸腾,茶香进一步释放。在袅袅的茶香里,在虚静的时空里,我似乎感觉到草木自然的变化,一种勃勃生机中盎然灵动的生命本真。

平常喝茶时,我喜欢不同的茶用不同的茶具。绿茶和白茶我喜欢用白瓷的,茶汤倒进杯中泛着浅浅的绿、淡淡的青,让人仿佛归入草木山林之中。而红茶和普洱我喜欢用晶莹剔透的小小的玻璃杯,像红酒一样泛着琥珀色的茶汤与晶亮的玻璃杯交相辉映,相得益彰。

看着眼前这杯清澈透明、红、黄、金、黑相间、热气腾腾的红茶,我小心地端起,一闻再闻,茶香沁人心脾。茶汤入口,一种百味交织的醇厚、浓香、丝滑、绵软、清爽、甘甜,瞬间体验到了丰富、热情、温暖、多彩的人生滋味。

好茶!真是好茶啊。我情不自禁,陶醉不已。

难怪鲁迅先生说:"有好茶喝,会喝好茶,是一种'清福'。"

"当然是好茶啊,这可是羚锐公司和福建武夷山合作生产的'正山堂''信阳红',茶里不光有冬虫夏草,还有其他名贵的中草药,品质精良、制作讲究啊。呵呵,这好茶遇到你这好茶之人,不知是你之幸还是茶之幸啊。"先生一脸的自豪。

我比唐代的卢仝幸运。卢仝喝了好友孟谏议送来的新茶,从七碗茶中喝出了七种不同的意境,由此留下了被后世传诵的好诗《走笔谢孟谏议寄新茶》(俗称《七碗茶歌》)。

"一碗喉吻润,二碗破孤闷。三碗搜枯肠,惟有文字五千卷。四碗发轻汗,平生不平事,尽向毛孔散。五碗肌骨清,六碗通仙灵。七碗吃不得也,惟觉两腋习习清风生。"

我想,假如卢仝喝了'正山堂'的'信阳红',只此一碗,便会如痴如醉、欲飞欲仙了,其感受定比七碗茶有过之而无不及。尽管我写不出被后世传诵的《七碗茶歌》,但我喝到了比七碗茶更好的茶,所以,我比卢仝幸运。

那个清凉的夜晚,一盏茶让我喝出了属于自己的那份丰美、温暖的好时光。

此生消受"正山堂"，何须人间要好茶。

滋养

日本印象

　　提起日本,我总免不了有些激动,激动的结果就是心里隐隐
作痛,像被刺扎了一下。记忆中,没有哪一个国家像日本那样深
深地刻在我的心里,这深刻的记忆从孩提时起,就一直伴随我的
成长。可以说,我不识字的时候就已经会唱很多抗战歌曲,我想,
但凡中国人都如此。至今,这些歌曲总在耳畔萦绕。我的爱国激
情、民族气节、享受胜利的自豪以及作为中国人的骄傲,也是在这
些歌曲唱响中被点燃、放大。1945 年 8 月 15 日,日本天皇宣布无
条件投降,饱受战乱的中国人总算长长地舒了一口气。

　　尽管当时,我的国家满目疮痍,伤痕累累;尽管当时,我的母
亲年纪尚幼,我未出生。

　　所以,我所受的爱国教育是与生俱来的,日本人的形象早已
在我的脑海根深蒂固,任岁月无情也难以抹去。

　　这小日本,总该收起扩张、称霸东亚的野心了吧。

　　不承想,二战战败后的日本,通过政治和经济两方面的体制
改革,其经济很快崛起。到了七十年代,日本经济雄踞世界第二,
仅次于美国。自此之后,中国从乡村到都市,路上跑的、街上停
的,大部分是日本制造的汽车,各大商场的货架上也摆满了日本

制造的家用电器、化妆品。这小日本国，事隔几十年后，仍然没有忘记中国，仍然对中国是"一往情深"啊。而中国市场和中国人却没有选择拒绝，对日货仍格外"青睐"。当然，一些人在受用的过程中也存在抵触情绪，最后只能以"我骨子里还是憎恨日本的，这并不影响我依然爱自己的国家，但我无法拒绝先进"而自欺、自嘲罢了。

这算不得放弃了中国立场和爱国精神吧，中国人骨子里还是有民族气节、国家利益高于一切的朗朗正气的。

一

2012年4月中旬，樱花盛开的季节，我怀着一种复杂的心情，登上了由广州飞往日本大阪的飞机，开始了我的东瀛之旅。飞机上，我的邻座是一位中年男人，皮肤稍黑，看长相似乎是个日本人。我的座位是靠舷窗的位置，需要从他的面前跨过，我非常友好地跟他打招呼，他似乎听不懂，我就借助肢体语言，这下他懂了，就侧侧身，我面带微笑说声：Thank you（谢谢）！他竟然面无表情。这倭贼（他肯定是日本人）一点儿礼貌都没有，我有些愤然。看来，上个世纪的恩怨直到今天还没有消解，日本人还是把中国视为他们的敌对国，把中国人看成他们的敌人。突然之间，过去日本对中国犯下的滔天罪行一下子涌入我的脑海，我在心里一遍又一遍唱着"大刀向鬼子们的头上砍去"，似乎只有这样，我才能感到快意和解恨。因为这个日本男人，三个半小时的飞行使我觉得特别漫长。

日本给我的第一印象是异常的安静。东京时间十点左右，飞机降落在大阪关西机场。我走下飞机踏上日本的国土，没有新奇、兴奋，心情异常平静。在大厅等待验证的时候，周围静静的，那种让人害怕、令人压抑的静竟让我透不过气来。当验证完毕，日本工作人员给了我一个点头、微笑，那和蔼可亲的样子让我觉得好像走错了地方。经过半个多小时的车程到了入住的酒店。进了酒店，日本给我的第二印象是小。房间的窄小让我吃惊，似乎多放一个箱包就显得多余，看着小小的房间，我的胸中透出一股自豪和轻蔑之气，小小的日本竟也敢侵犯我泱泱之大国，真有些自不量力啊。扬眉吐气之余不得不承认，这麻雀虽小，却五脏俱全，洗漱之类应有尽有，我用手擦拭了一下桌子，居然一点灰尘都没有，连角落都是干干净净的。干净，是日本给我的第三印象。

导游说，在日本，不管是多少层的楼房，卫生间都是整体结构，因为日本地震频发，震时可以跑进卫生间躲避。导游还介绍说：日本所有酒店卫生间的马桶都是智能马桶，可以自动消毒，尽可以放心使用，手纸是可溶性纸，可以直接丢进马桶。导游是个男性，面目清秀，三十多岁，是生活在日本的台湾人，说话间脸上洋溢着自豪。

次日清晨，我在酒店门外候车，这时候的大阪城依然是安静的。尽管街道两旁人来人往川流不息，但他们脚步轻轻，显得是那么从容、自信。这时，街道两旁的绿化带引起了我的注意，只见那丛丛灌木上的绿叶清清亮亮，像刚刚长出的新叶，我好奇地用手摸了摸，手指上竟然没有一点儿灰尘，我简直不敢相信，别说是自家庭院的花木，就算是放在室内的花木也没这么干净啊，都说日本的空气质量在全球最好,果然名不虚传。我又在四周仔细看了看,目之所及,没有一个垃圾桶,这日本人的垃圾都到哪里去了呢?我有些好奇,问了导游才知道,原来,日本的垃圾是要经过严格分类的,什么垃圾应该放在哪儿,什么时间应该投放什么垃圾都有严格的规定。据说,资源极度匮乏的日本岛国,垃圾回收利用率已经达到了 65%。由此可见,日本政府在生活质量、美化环境、环保意识等方面给予了高度重视,也很舍得投入。看来,二战期间,美国在日本广岛、长崎扔下的两颗原子弹,让日本人饱受了核污染、核辐射之苦,最早明白了环保的重要性,从而树立了环保意识和爱护环境的良好习惯。

十分钟后,我们上了一辆旅游大巴,导游将来自河南、贵州、江西的三个团队共计 22 人编成了三个家庭组,并告知注意事项。导游说,这辆大巴将伴随我们日本的整个行程,希望每个家庭成员像爱惜自己的家一样爱惜这辆车,今天的第一站是大阪城公园。车上,导游简单介绍了大阪城:大阪城是关西的第一大城市,日本的第二大城市,与东京同为日本经济、贸易和文化中心。

著名历史古城、大阪府首府——大阪,位于本州岛西南部,坐落在淀川下游两岸的大阪平原上,濒临大阪湾,面积 220 多平方公里,人口近 300 万,市内河道纵横,水域面积占城市面积的 1/10 以上,河上 1400 多座造型别致的大小桥梁将整个市区连为一体,使其既有"水都"之称,又有"大阪八百八桥"的说法。著名的企业"松下""夏普"就在此地。同时,大阪还是一座著名的"绿色城市"。

果不其然,沿途所见,凡是有土的地方,不是种树,就是栽花,或是植草,全城繁花似锦,绿树成荫。

不一会儿就到了大阪城公园。

二

大阪城公园是关西赏樱的第一名所。绿瓦红墙、宏伟壮观的大阪城公园是由日本著名武将丰臣秀吉所建,占地约 107 万平方米,整个公园被郁郁葱葱的树木所环绕。每年 1 月中旬至 3 月上旬,以梅林为中心,约有 1250 棵梅树上梅花盛开,而到了 3 月下旬至 4 月上旬,约有 4300 棵樱花树上花儿竞相绽放,使这里成为日本为数不多的赏花胜地,每年的花季都吸引着众多游客前来。

我来的时候,天气晴好,阳光灿烂,满树莹洁,正是赏樱的好时节。游客如潮,大部分都是黄皮肤黑眼睛的亚洲人,仔细辨听,却是我熟悉的中文方言,原来都是中国人啊,看来,到哪儿都少不了中国人,可见中国人口之多。此时,在这景色怡人的异国他乡,我和我的同胞一起漫步在樱花大道上,那一刻,我的心里陡然升起一股暖意,这天赐的美景,并不是只有日本人独享,我和我的同胞一样可以漂洋过海来欣赏。当然,我们口袋里的钱也如片片飘落的樱花,飞进了日本人的口袋。

其实,我最欣赏樱花的不是她的盛开、绽放,而是她的凋零、飘落,微风吹过,片片樱花如雪花般随风飘舞。那一份气贯长虹的毅然决然,那一份失魂落魄的柔心弱骨,无比壮观、凄迷、柔美,能让你坚硬的心在刹那间变得柔软而动情,能让你无视风月的心刹那间变得美丽而多情。此刻,我的同伴都在欢喜地拍照,而我就在一棵百年的樱花树下,任飘飞的樱花把我带到遥远的时代……在此,请稍作停顿,让我把欣赏樱花的目光移开,浅显地说一说丰臣秀吉——

1536年3月,丰臣秀吉出生于尾张国爱知郡中村(今爱知县名古屋市中村区)的一个贫苦农家,幼年丧父,七岁时随母亲改嫁同村竹阿弥一起生活,继父竹阿弥性情粗暴,秀吉身材瘦小,长相猥琐,酷似猿猴,继父非常厌恶他,训骂之余还经常拳脚相加,最终秀吉因与继父不合而离家出走,从此浪迹江湖。但丰臣秀吉天资聪慧,又有经商头脑,经常在旅途中通过获取信息赚取钱财以维持生计。1554年,18岁的秀吉回到尾张,投奔到尾张的领主织田信长麾下,因秀吉机智过人,深得信长喜欢,在织田家的地位不断提升。其间,秀吉智勇双全,屡获战功,进一步得到织田信长的赏识。1573年跟随织田信长击败了浅井长政,浅井长政自尽,浅井的旧属归织田家所有。37岁的秀吉因军功受封近江国(今滨城)城主,遂将城改名为长滨城,从此开始跻身战国群雄之列。同时,他取织田家名将柴田胜家与丹羽长秀名字中各一字——羽、柴,称羽柴筑前守秀吉(筑前守是官位)。1582年暴发了著名的"本能寺之变",46岁的秀吉极早获知织田信长的死讯,抓住机遇,乘机控制京都一带,平定反秀吉势力,取得织田大多数旧臣支持,夺取了政权。1585年秀吉征伐四国有功而要求朝廷赐予新的姓氏,于是朝廷便赐予他"丰臣"这个姓氏并令其就任关白。丰臣也由此成为继"藤原""源""平""橘"等四大姓氏之后的第五大姓氏。不过"丰臣"未能像其余四大姓那样发扬光大,因为它只传了两代就绝嗣了。1590年丰臣秀吉最终以武力完成日本统一。

其实,我对丰臣秀吉这个人丝毫不感兴趣,在此赘言并罗列许多只想说明一点,丰臣秀吉统一日本后,他的施政计划跟中国有关。早在1578年,丰臣秀吉就表明了他的"宏大志向":"图朝鲜,窥视中华,此乃臣之宿志";并提出了带有时间表的扩张计划:在占领朝鲜之后,于1593年初占领北京,1594年日本迁都北京,然后再进军印度。其实,他的目的是想通过侵略朝鲜而征服明朝,继而把日本的版图扩大到印度、东南亚。1592年,日本首次侵朝初期进展顺利,丰臣秀吉就开始筹划迁都北京,自己"据守宁波府",以便"尊圣意,占领天竺印度"。

写到此,我心里不由窃笑,这个身材瘦小、面貌丑陋的六指猴子(他的绰号叫猴子)居然异想天开,口出狂言,也太狂妄自大了吧。

1592年,秀吉出兵侵略朝鲜,朝鲜首都平壤及陪都开城和汉城(今首尔)先后陷落。直到1593年初,我大明军援朝,局势才得以好转。1593年4月,在我大明军的援助下,朝鲜相继收复了汉城在内的大部分失地,日军被迫龟缩于南部沿海,此后双方议和。1596年9月,明万历皇帝派使臣去日本册封其为日本国王,从而激怒丰臣秀吉。1597年战事再起,但在明、朝联军打击下日军遭到惨败。1598年丰臣秀吉病逝。从此,丰臣氏家族在历史尘埃中灰飞烟灭。

翻开历史的长卷,追溯到汉光武帝时代,当时光武帝赐给日本国王汉倭奴国王印,这算是正式册封的开始。这个关系应当是终止于元朝灭南宋时,日本人认为当时中华已亡,剩下的不过是个夷狄的国家,元朝还不如他们先进,他们自认为是中华文明的继承者,不可能向元朝这样的夷狄低头。到了明成祖时期,国力强大,中日恢复建交。足利义满将军当政时,就对明帝国怀有罕见的恭敬,主动称臣纳贡。不过,足利义满的"亲华"是个特例,为期也非常短暂,他在1408年去世后,其子足利义持政权在1411年便停止了朝贡。

1894年7月25日,中日甲午战争爆发,至1895年4月17日《马关条约》签字结束。这场战争以中国战败、北洋水师全军覆没告终。中国清朝政府迫于日本军国主义的军事压力,签订了丧权辱国的不平等条约——《马关条约》。

甲午战争的结果给中华民族带来空前严重的民族危机,一方面大大加深了中国社会半殖民地化的程度,另一方面则使日本国力更为强大,得以跻身列强。至此,日本结束了表面对中国俯首称臣的时代。

在今天很多中国人看来,册封与朝贡的体制足以印证着历史的光荣,并昭示中国曾长久占据古代东方政治格局里的支配地位。现实中,中国的册封与朝贡体制在大多数时间内只是一种主观愿望,是中国单方面把日本纳入了以自我为中心的册封与朝贡体系,统一后的日本并未心甘情愿地将自己定位于这个体系。相反,它吸收中国的"夷夏"观念后,反而试图建立一个以日本为核心的国际体系。为了避免和强盛期的中国发生直接冲突,那时,日本一般会采取虚与委蛇的两面策略:政治上满足中方的"面子",经济上在华捞取资本和文化利益。确实,从隋朝日本第一次派遣隋使来中国开始,日本人便不断学习中国文化。由此,中国人便对日本衍生出根深蒂固的轻视心态。

此为闲话。

三

在日本,我并未有身处异邦的陌生感,尤其在京都。因为随处可见中国汉字,比如路标、警示牌、提示牌、商店的招牌等等。有的甚至完全是汉字,如"严禁烟火""消防器材""卫生间"等等。可见中国文化对日本的影响之大!

京都古称平安京,在日本享有"千年古都"之称,作为国都历时 1075 年之久。公元 794 年,桓武天皇为革新朝政,将国都由山城长冈迁到这里,因希望获得平安、吉利、安宁与和平,遂定名为平安京,从此真正开创了日本历史上的平安时代。"首都"在日本当时称为"京之都",因此京都后来就成了专有名词。1869 年明治政府又将国都迁往东京。

初到京都,仿佛走进了一千多年前中国盛唐时期的洛阳和长安,其原因是京都古城建筑同中国唐朝的洛阳城和长安城十分相似。平安京建立之初正逢中国的中唐时期,随着与中国交流的频繁,日本出现了模仿大唐长安和洛阳的风潮,并试图通过其大规模的仿唐建筑以展示国家的雄威。整个建筑群呈长方形排列,以贯通南北的朱雀路为轴,分为东京、西京两部分,东京仿洛阳,西京仿长安,中间为皇宫。宫城之外为皇城,皇城之外为都城。城内街道呈棋盘形,东西、南北纵横有秩,布局整齐划一,明确划分皇宫、官府、居民区和商业区。

直到现在,京都在传统区域的划分上仍以"洛"字按东西南北中分为"洛西""洛中""洛北""洛东"和"洛南"。因而日本人总喜欢称京都为"洛阳""洛城"。

走在街上，熙攘的人流中，听着熟悉的乡音，看着熟悉的黄皮肤、黑头发，那一刻，我真的以为是在自己的国土上。

京都最具浓郁的日本风情，被称为日本人心灵的故乡，是日本政治、经济、文化的中心，同时也是全国佛教中心和神道教的圣地。市区迄今尚存有近1900个寺院和神社，平均每一个街区就有一座佛寺。

说到佛教或佛寺，不得不说到一个对日本影响极深的人物：鉴真。鉴真原姓淳于，扬州人，14岁出家，是唐朝的一代高僧。742年(唐天宝元年)开始，鉴真应日本僧人邀请，先后六次东渡日本，途中，不幸身染重病，双目失明，历经千辛万苦，终于在754年到达日本九州萨摩秋妻屋浦(今日本九州南部)，受到孝谦天皇和圣武太上皇的隆重礼遇，封号"传灯大法师"，尊称"大和尚"。之后，他讲授佛学理论，传播中国文化，促进了日本佛学、医学、建筑和雕塑水平的提高，深受中日两国人民和佛学界的尊敬。他留居日本十年，为日本精心设计修建了唐招提寺，这座以唐代佛殿结构为蓝本建造的寺庙是日本迄今为止最著名的佛寺，极具中国盛唐时期的气息，是世界佛学界的一颗明珠，至今保存完好。鉴真死后，其弟子为他制作的坐像，至今仍供奉在寺中，被定为"国宝"。只可惜，唐招提寺在日本的奈良市西京五条，这次行程，导游没有安排去奈良市。想到这次来日本，没有机会去祭拜鉴真大和尚我深感遗憾。鉴真东渡促进了中日文化的交流，对日本的宗教、医学、建筑和文化事业的发展产生了积极深远的影响。

我们还是跟随导游的脚步吧。

导游领我们来到了"平安神宫"。"平安神宫"是京都著名神社中历史比较短的,1895 年为了纪念桓武天皇迁都到京都 1100 周年而创建。整座神宫包括大鸟居、神宫道、应天门、大极殿及神苑等部分,有着明显的唐代中国建筑的风格。进入神宫前要先去"手水所"处,用长柄的木勺从池中舀水洗手之后,才可以进入大门。大门的颜色是朱红色的,门两边挂着巨大的白色灯笼,灯笼上印的花是日本皇室的家徽"十六花瓣八重表菊纹"。进去之后我发现,正殿前的广场很宽阔,与日本小巧而精致的建筑设计形成鲜明对比,广场的地面全都铺着白沙,问导游才知道,在日本"枯山水"园林中常以沙代水,以白沙的不同波纹,通过人的联想、顿悟,赋予景物以意义。导游说,这座神宫很大,有好几万平方米,因时间关系,只能蜻蜓点水式地看看。导游领我们来到正中的大极殿,这是整座神宫的主殿,里面供奉的是桓武天皇和孝明天皇。我没有进到殿里,也无意去祭拜,轻蔑地瞟了一眼,便直接去了后面的神苑。

神苑是一个约三万平方米的池泉回游式庭园,园内有三个池塘和四座庭园。庭园内溪水环绕,绿树成荫,樱花也全部盛开,有雪白的、粉红的、桃红的,在青翠欲滴的绿色衬托下,格外夺人眼球。广阔庭院分别以池塘为中心,将各个时代的庭院风格融于一体,石桥溪水、碎石小路、浪漫的樱花、古朴的亭台楼阁……动中有静、静中尽显自然和谐之美,无不让人流连忘返,如临仙境之感。

在日本,神宫是天皇祭拜的神庙,神社是百姓祭拜的神庙。

日本的本土宗教是"神道教"，信奉的是"天照大神"。据说，日本人相信本民族是神的传人，天皇更是神在人间的代表，所以，"平安神宫"的建筑就彰显着皇族的霸气。日本人，上自皇族，下至民众，都有一种根深蒂固的"神教"情结，我不知这是他们的精神寄托，还是一种民族信仰。我想，普天之下的众神都应该是教化人心向善、慈悲为怀、普度众生的吧，可为什么日本人对境外民族却是那么凶狠和残暴呢？因为这种"神教"情结和虔诚信仰，天皇让日本人产生强大的凝聚力而团结一起，他们对天皇的效忠，以及甘愿为其舍身赴死，从某种意义上说，这种所谓民族团结以及凝聚力，还是值得让人敬佩的。

四

这次旅行，起点是大阪，终点是东京。线路是由关西往中部地区然后到关东。

离开京都，前往爱知县。大巴沿崎岖蜿蜒山路前行，一路上，丽日蓝天，白云悠悠。车厢内，同伴们谈笑风生，其乐融融。我把目光投向窗外，沿途所见，路两边风光秀美。目光所及，但见苍翠覆盖，绿树成荫，座座山峰未见裸露山脊与泥土，绿色植被分布整齐，井然有序，像一条条绿色的锦缎。我看到一个奇特的现象：一些被山分割成狭小的盆地，夹在山与山之间形成逼仄的峡谷，而这些峡谷之间居然有房屋，我想，这些房屋肯定有人居住。问导游，果不其然。我不免有些担心居住人的安全，万一有山洪暴发怎么办！不过，我的担心是多余的，日本人已经习惯了在狭窄的空间顽强地生存,真有些佩服他们的勇气和胆量。

由此可见,作为海岛国家的日本,因地域所限,陆地面积小,资源匮乏,所以特别爱护自然和珍惜对土地的使用。

中午,到了爱知县名古屋市,因下午还要赶往箱根,大巴只是绕市区转了转。在车上,导游只简单介绍了爱知县及名古屋的概况。

爱知县位于日本的中央位置,离东京大约 360 公里,离大阪大约 180 公里。南面有伊势湾与三河湾,北与岐阜县相邻,西有三重县,东北与长野县、静冈县接壤。东西长 106 公里,南北宽 94 公里,最高海拔 1415 米,海岸线总长 581 公里。年平均气温 14 至 16 摄氏度,年降雨量约 1600 毫米,四季分明,气候宜人。在县内市町村中,名古屋市人口最多。县域大致分为山地丘陵和平原两个部分。该县是东西的交通枢纽,自古以来就作为产业的集中地,不仅是屈指可数的农业生产县,也是日本排名第一的以汽车产业为中心的工业生产县,世界著名的丰田汽车制造厂便在此。2005 年,曾因举办爱知世博会而举世瞩目。同时,也是日本历史上战国文化的重要发祥地,日本著名的"战国三杰"织田信长、丰臣秀吉、德川家康,及现代企业创办人盛田昭夫、丰田汽车创办人丰田喜一郎都诞生于此。

名古屋市是爱知县的首府,中国在此设立有中华人民共和国驻名古屋总领事馆。它是日本三大都市圈(东京大都市圈、京阪神大都市圈、名古屋大都市圈)之一。作为重要的港口城市,名古屋港也是日本的五大国际贸易港之一。著名的景点有:热田神宫、名古屋电视塔、东山动植物园等。

　　与大阪、京都相比，名古屋的城市建设要逊色很多，这是一个独特而又安静的城市。听导游说，土生土长的名古屋人大多内敛而谦和，说话夹杂浓重的地方方言，所以，在高傲的京都人和东京人眼里，名古屋就是一个土里土气的"傻瓜城市"。然而，正是这样的"傻瓜城市"，由于地处京都与东京之间，所以也称为"中京"。名古屋一直在不断发展着：自公元 113 年修建热田神宫祭祀天丛云剑开始，到织田信长、丰臣秀吉、德川家康"战国三杰"的出现，直至现在，其政治、经济、文化、交通在日本国中已占有着极其重要的地位。我真想在此多做停留，好好感受一下它的朴素、宁静和低调，但时间不允许。

　　大约十二点，我们进了一家日本料理店。这家店在停车场附近，与大多数日本建筑一样。从外观看，这家店精致、小巧，但进到里面我发现，这里干净、雅致，设计与布局都很合理，可以同时接纳上百人，我们去的时候，已经有许多人在用餐，其中以中国人居多。看得出，尽管有意克制声音，但还是有些吵闹。午餐很丰盛，蔬菜、海鲜、猪肉、牛肉，可以根据自己的口味调料，这顿饭吃得很过瘾，是我来日本后吃得最舒服的一顿。用餐之后，我们就去了"丰田博物馆"，在博物馆的一至三层简单参观了一下就离开了爱知县。

　　车上，导游一直阴沉着脸，过了许久才道明原委。

　　原来，用餐之前，导游就再三强调，中午是自助火锅和烧烤，大家可以根据自己喜好选择吃什么，可劲儿吃，但一定不要浪费，吃多少，拿多少，烤熟或煮熟的食物一定要吃完，拿食物的时候一定要排队，不要大声说话，注意安静，等等。刚才结账时店老板投诉说,火锅及烧烤的食物很多都浪费掉了,智能马桶上也有很多肮脏的脚印,店老板非常生气,说了很多难听的话。导游说的时候也很气愤,我从他愤怒的眼神里看到了对中国人的鄙视。那一刻,我感觉受到了侮辱。车厢里一片躁动,有人质问导游,为什么确定就是我们的人!导游说,有我们的人,也有其他团队的人,来日本第一天就告知了,卫生间的马桶是智能的,自动消毒,尽可以放心使用,希望此类的事情不要再发生了,毕竟,走出国门是代表中国人的形象。

导游的一番话让我心里沉甸甸的。

五

大巴不紧不慢地往箱根方向行驶。车厢里的气氛如同我的心情一样沉闷,这样也省得导游口干舌燥了,他借此让我们休息。三个多小时后,我们到了箱根。

箱根位于神奈川县西南部,距东京90公里左右,是日本的温泉之乡、疗养胜地。约在40万年前这里曾经是一处烟柱冲天、熔岩四溅的火山口。现在的箱根到处翠峰环拱,溪流潺潺,温泉景色十分秀丽。由于终年游客络绎不绝,故箱根又享有"国立公园"之称,最著名的景点有芦湖和大涌谷,大巴直接把我们带到大涌谷停车场。

大涌谷在一座高山的半山腰,我们是坐登山缆车上去的。远远望去,烟雾缭绕,愈来愈重的硫黄臭味(硫化氢瓦斯)扑鼻而来。大涌谷是大约4000年前火山大喷发形成的火山口遗迹。在绿树环抱的箱根中,唯独此处山岩裸露,岩缝间喷出的地热蒸气腾腾,泉水被地下热气烧得滚烫,此景蔚为壮观。由于人们对自然威力感到恐惧,过去称火山口为"地狱谷"。1876 年,明治天皇在此参观后改名为"大涌谷",大涌谷地上的泉水大部分是有毒的。大涌谷长年游客不断,在山顶可眺望富士山和箱根群山的美丽景色。在半山腰上,有一间小木屋,专门卖鸡蛋,据说鸡蛋在火山温泉煮熟后颜色变得通体黑亮,由此得到一个好听的名字"黑玉子"。据日本人说,吃一个黑鸡蛋可长寿 7 年,排队买的人很多,管它是真是假,我和同伴们都买来吃了,当然,价格也不菲哟,一个鸡蛋需人民币 30 多元。

晚上入住箱根度假温泉酒店。这个酒店还不错,环境优美、宁静,远离都市的喧嚣和浮躁,弥漫着浓厚的日式风情。导游说温泉里含有丰富的矿物质,对神经痛、风湿病、肌肉酸痛等疾病非常有益,尤其是旅途劳累之后,泡上温泉那真是享受。导游还告诉我们,在泡温泉之前,需清洗身体,然后穿上和服。泡的时候可以裸浴,男女是分开的。我穿上和服还真的不习惯,浑身上下感到别扭、不自在,到了温泉池一看,池子都不大,有的跟国内的澡堂子差不多。池子与池子之间有相连的,也有分开的,大小不同,有的可以泡两三个人,有的五六个人。

日本是一个极其讲究的民族,就连泡温泉的地方也建造得古朴、典雅,楼台亭榭,灯影朦胧,在温润清澈的泉水里,放松身心,真是舒服极了。

泡过温泉之后,我那晚睡得特别香甜。

六

富士山是日本的名片。富士山是日本最高的地方,最高峰海拔3776米。自古以来,日本人就把富士山看作"圣岳""灵峰",认为她是镇守日本的神山,对它无比景仰。此行之前,我专门在网上查了富士山名字的由来,发现了一个美丽的传说——

远古时期,有位伐竹老人,在山林深处的竹子里发现了一个约三寸长的小女孩,老人把她带回家三个月后,小女孩出落成了美丽非凡的姑娘。许多青年男子向她求婚,甚至连国君也加入了求婚的行列,但都被拒绝了。原来小女孩是天上的仙女,因犯戒规被贬下凡间赎罪。第三年的八月十五,月圆之夜,她赎罪期满,重返了天宫。行前,她留给了国君一包长生不老的药,伤心过度的皇帝就命人把药放在离天最近的地方烧掉,可这包药怎么也烧不尽,总是冒着烟。从此,这座被选中烧药的山名为"不死"或"独一无二"之山。日语中"不死""不二"与"富士"的发音相同,富士山便由此得名。

今天就可以一睹它的芳容了,我充满着期待。

导游说,今天的行程是箱根平和公园、富士山、忍野八海。早餐之后,大巴带着我们一路前往箱根平和公园。

在公园的入口处,有一个石柱大门,两侧刻有黑底金色汉字"祈国土安稳,祈世界平和",看着这十个烫金大字,我的内心颇为复杂。我似乎看到了二战给中国带来的灾难,给我的同胞带来的伤痛。其实,作为侵略者,日本在这场战争中也饱受了伤痛,也受到了应有的惩罚。

想一想有点讽刺。二战期间,日本人在广岛、长崎、冲绳、箱根等多个地区建有公园,日本天皇以为会取得战争胜利,谁知,日本战败,天皇"大东亚共荣圈"的美梦被粉碎,这些公园就取名为平和公园,以此让后人记住二战给日本带来的耻辱和血的教训,和平才是最重要的,同时也表达了日本人对战争的控诉、祈求世界和平的愿望。

箱根平和公园(日文中的平和也就是中文的和平)是日本众多平和公园之一,占地万坪,由私人捐地而建,具有典型的日式庭院建筑风格。

沿大门上山,真是景色优美,曲径通幽,这里苍翠馥郁,鲜花竞妍,以樱花最为夺目。此时,天空飘着零星小雨,绽放的樱花在微风细雨的吹拂下飘洒着,好一派散花似雪的曼妙舞蹈,真是人间仙境。

移步往上,在园内,有一处大大的广场,一座白色的塔稳稳地坐落其间,特别醒目。原来,这是一座舍利子塔,印度总理访日时送给日本的一颗佛祖舍利子,日本政府就在妙法寺后山建了一座白塔存放舍利子。我上去绕白塔转了一圈,塔里放有金色的佛像,四面有四座菩萨,从中也能看到日本政府及人民在受过重创之后,渴望和平、反对战争的愿望。在通向白塔的路两边,有各式各样的铜像、石像,这些塑像形态各异,是由印度、缅甸、韩国、泰国及中国的香港、台湾赠送,但没有中国大陆的。在当时,其情其景,个中原因,一定是非我所知的。

公园里还有两个亭子,悬挂着大小钟各一座,上面写着"和平之钟"，同伴们在大钟下拍照留影。我走到小钟前用力推打，浑厚肃穆的钟声在平和公园回响，我美好的祈愿也飘荡在公园的上空。

如果是晴天，这里应是远观富士山的最佳地点。只可惜，天公不作美，远处的富士山一片朦胧。

离开平和公园时，我再次把目光投向那副烫金对联"祈国土安稳，祈世界平和"，不由感慨万千。我想，二战之后，伤痕累累的日本民族定然会汲取教训，为维护国土安稳、人类和平而收敛其残忍、暴虐之戾气吧。想到在抗战中逝去的3500多万同胞，一丝疼痛在这个樱花烂漫的平和公园蔓延开来。

七

富士山位于静冈县与山梨县的交界处，横跨两县，接近太平洋岸，是世界最大的活火山之一，目前处于休眠状态，在全球闻名遐迩。富士山山体高耸入云，山巅白雪皑皑，放眼望去，好似一把悬空倒挂的扇子，因此也有"玉扇"之称，日本人常以此为骄荣。富士山由山脚到山顶分为十合目（合目是古时候日本常用的高度单位），由山脚下出发地是一合目，到半山腰称为五合目，由五合目再往上攀登，便是六合目、七合目，直至山顶的十合目。导游说，所有的巴士只能上到2305米的五合目，这还要看运气，要想再上去就只能徒步攀登了。

在去往富士山的路上，一直下着小雨。看着窗外的蒙蒙细雨，我有些忐忑，这种状况，能上去吗？车一路蹒跚爬行。这时，导游让我们安静一会儿,听听有什么声音。原来,日本人在这条入山的道路上利用高科技,使车轮行驶过马路时发出音乐声,该音乐是日本民歌的前半部,下山时可听到后半部。仔细辨听,还真的听到了随着车轮转动而发出的美妙音乐。车轮停下来,音乐也停了,这日本人还真能想得出!看来,日本对它的旅游业真是花费了心思啊。

突然,有人惊叫,下雪了!果然,雪花如柳絮般飘飘洒洒,漫天飞舞,这突如其来的景象吸引了我们的目光,细看,路两边山林里白雪覆盖。这里的温度比山下低很多,原来的雪一直未融化。导游说,这里除七八月份外,常年积雪,经常封山。许是前段时间天气晴好的缘故,大巴一直开到半山腰,也就是五合目。

一下车,顿感寒冷袭身,走到登山的入口,看到满地积雪,我抬头望了望山顶和天空,想到曾经受过伤的左腿膝盖,我只能遗憾地看着同伴们往山顶攀登。在半山腰,看着犹抱琵琶半遮面的富士山,我不由窃笑,这日本人景仰的"圣岳""灵峰"也不过如此,无非是披了一件白纱而已,与我国五岳中任何一座山脉相比都要逊色很多,更别说五岳独尊的泰山了。"会当凌绝顶,一览众山小",富士山绝没有这样的气势。

这样一想,便少了欣赏的兴致,当然也有天气太冷的缘故。

不一会儿,同伴们陆陆续续下来了,看他们失望的表情,结果可想而知。果然,没有一个人到达山顶,最高的也只到了七合目,都说没什么区别,无非高低不同而已,幸亏我没去。看来,富士山还是要远距离观赏才能感受到它的美。尽管没能登顶观全貌,但一天之中,经历下雨、飘雪、放晴三种天气,此生恐再难遇到,想一

想,也是意外之喜。

下山时,天空放晴,云开雾散,富士山在我渐行渐远的背影后,露出了虚幻、美丽的面容。

八

黄昏时,我们到了忍野八海,整个村庄被笼罩在余晖中。

忍野八海其实是个村名,位于富士山麓箱根地区山梨县的山中湖和河口湖之间,是忍野村的涌泉群。所谓八海,其实是八个池塘,分别是御釜池、底无池、铫子池、浊池、涌池、镜池、菖蒲池和出口池,池塘分布错落有致。据说忍野八海在 1200 年前就有了,是富士山融化的雪水流经地层过滤而成的八个清澈的淡泉水,平均水温约 13 摄氏度,水质清冽甘甜,被誉为"日本九寨沟",是忍野地区指定的国家自然风景区,1985 年入选"日本名水百选",为国家指定天然纪念物、名水百选、新富岳百景之一。

果然是别有洞天,其优美的自然环境堪比中国江南,不过以八海自称未免有些夸张,怎么能与我国九寨沟相提并论呢!

余晖在明镜似的池面上泛着金光,洁白的富士山倒映水中,一阵微风,泛起涟漪,光影摇曳,美不胜收。池与池之间相连相通,小桥、流水、亭台、水榭、篱笆、庭院、青藤、绿茵、花团、锦簇,美妙绝伦,好一处山水田园风光图。

八海四周有许多小商铺,多是木、砖混建两三层民居,主要卖一些小食品和纪念品,也有特色小吃。我忍不住买了一些当地小吃,味道也不怎么样。

此时,夕阳西下,游客渐渐稀少,宁静安闲,此情此景,犹如一幅清雅禅境之画:"山光悦鸟性,潭影空人心。"

真美啊!如果可以,还真想在这里住上几天。耳边,导游的催促声不合时宜地响起。

晚上依然是住温泉酒店。

这些天,不管是行车路上,还是晚上入住酒店之后,只要稍有空闲时间,导游都会介绍和兜售他手里的一些小电子及其他类别的商品,他的脸上总会随东西卖出的多少而变化。可能所有的导游都一样吧,口齿伶俐、巧舌如簧,而大部分游客,都会经不起其三寸不烂之舌的劝说,以及那些东西的诱惑,当然,也包括我。每次看到导游口干舌燥的,想想都是中国人,他们在异国生活也不容易,我便会买上一些,再说,有的东西在国内也没有。此行之前,我根本没打算来日本购物,同伴们纷纷劝我多兑换日元,而我只兑了一点,以备吃饭或自费景点之需。为此,每当我向同伴借钱,同伴都会笑话我(善意的)。或许是我们旅游快结束的缘故吧,这不,到了酒店刚安顿好,导游又来兜售商品了,我拿本书装作聚精会神的样子。

明天是最后一站,东京。

九

东京是日本的首都,全称东京都,人口 1300 多万,大东京圈人口达 3670 万,是世界上最大的都市圈。东京是日本的政治、经济、文化中心,是日本的海陆空交通枢纽,是现代化国际都市和世界著名旅游城市之一,与周边各市紧密相连组成世界上最大的都市区。

市中心的丸之内是东京银行最集中的地方,乐町区的剧场和游乐场所最多,银座区的商业因世界百货总汇而闻名,这三个区是繁华东京的缩影。东京位于本州岛关东平原南端。古时的东京是一个荒凉的渔村,最早叫千代田。1192年,日本封建主江户在这里建筑城堡,并且以他的名字命名。1603年,德川家康将军在武士混战中获胜,下令在江户设立幕府,成为当时的全国政治中心。1868年明治维新,德川幕府被推翻,在这一年,明治天皇从京都迁到江户,改称东京,1869年定为首都。

到达东京的时候已是上午十点多。下车后,导游领我们步行前往日本都厅,在大街上走了一段路,街上人来车往,川流不息。我很奇怪,这么多的人流车流却很安静。

都厅坐落在东京的繁华区新宿,既是东京都最高行政机关的所在地,也是东京著名的观光景点之一,是战后日本杰出的建筑家丹下健三设计的。厅舍的设计主要为后现代主义风格,该建筑高达48层,在33层之处分成两个对称的摩天层,并延伸至高达243米处,看上去就像两个高大挺拔的孪生子,因此,也有"双子之塔"的美称。不过,作为地震频发的日本东京,有这么高的建筑也着实令人惊奇,因此,有人把它说成是"城市墓碑"。对外开放的展望台设在第45层,从一楼乘电梯到45楼仅需55秒。

45层展望台可以360度尽览东京全貌,俯瞰东京,地面行人如蚂蚁般密密麻麻,由于恐高,我有些心慌,只好抬头平视。近处新宿御苑、皇居、明治神宫、东京塔等尽收眼底,运气真好,天气晴朗,远处的东京湾跨海彩虹大桥的壮观景色和美丽的富士山也尽览无遗。导游说,每天有 5000 多人来参观,这里的维修费用相当于非洲一个国家的全年开支,东京市长及政府要员都在这里办公,市议会大厅也在这里。

参观完都厅之后,导游领我们来到了东京最繁华的商业区——银座,相传这里从前是海,后来德川家康填海造地,这一块地方成为铸造银币的"银座役所",银座因此而得名。银座也有"东京的心脏"之称,与巴黎的香榭丽舍大街、纽约的第五大街齐名,是世界三大繁华中心之一。

银座大道全长约 1500 米,北起京桥、南至新桥,由银座一丁目至银座八丁目组成。八个丁目由中央通贯穿,其中银座四丁目与银座五丁目之间被晴海通分隔,而此十字路口也为银座最繁华的区域。大道两旁的百货公司和各类商店鳞次栉比,专门销售高级商品。其后街有许多饭店、酒吧、夜总会,其中不少是知名的百年老店。从 1970 年 8 月起,银座大道禁止一切车辆通行,成为步行商业街,街面干净、整洁,街上有许多茶座,游客可以坐在街心饮茶、谈天、休息。

银座不仅是东京最繁华、格调高雅的新潮商业中心,也是东京商业中心的代表,已发展成为日本现代化的标志和橱窗,尤其是它所代表的消费文化,具有独特的"标新"和"逆反"特征。"银座"一词本身,也不再仅仅作为地名而存在,更具有一种深层的、非日本人难以理解的文化内涵,它是高级、名牌、流行、品味、信用、货真价实、憧憬、时尚的代名词。

银座大道上人来人往,在穿梭的各色人流中,绝大部分是中国人，大包小包两手不闲，手拉箱包在地上沉沉地转动，购物的快感和满足都写在脸上，稍不留神，还真以为是在北京的王府井或上海的南京路上。

在一些国际大牌店，那些时尚与奢侈品牌的包包、化妆品、衣服、手表等，看得我是眼花缭乱，说实话，还真想买，捏捏干瘪的口袋，也只能饱饱眼福了。

导游领我们去了一家免税店，这里的价格相对便宜很多，有化妆品专柜、电子产品专柜、电器专柜……很多售货员都是中国人，所以询问和交流毫不吃力，里面的人爆满，这儿应该是和旅行社挂钩的商店，我们的导游起劲儿地给游客介绍商品，那么卖力，一定是中间拿提成的。本不打算买东西的我，最终抵挡不住诱惑，买了佳能单反相机和新秀丽拉杆箱包，这两样商品相比国内同款产品要便宜很多，再说，肯定不会是假货，尽管钱花出去了，但买得放心、开心、称心，还节省了一大笔，难怪同胞们到了国外都喜欢疯狂购物。

我始终想不明白，同样的一款美国箱包，在中国和在日本的价格却有着天壤之别，难道美国厚此薄彼吗？同样一款法国香水，在日本和中国的价格也是如此。同样，中国的诸多商品出口到国外的价格反而比在国内便宜很多，日本产的同款佳能单反相机比在中国的价格要便宜好几千。难道中国人真的傻吗？难道中国人真的很有钱吗？难道中国人真的崇洋媚外吗？至少我不是。我是一个理性消费者，我在购物的时候，首先考虑的是需要，其次是质量和价格，最起码要物有所值。

同伴们收获满满，我也是。虽说筋疲力尽，但仍然抑制不住购物的快感和满足。

十

黄昏时,导游领我们来到了东京湾。

东京湾位于日本关东地区的海湾,因与东京接壤而得名,旧称江户湾,是日本本州岛中东部沿太平洋之海口。沿东京湾西北岸的重要城市有东京、横滨、川崎,西有横须贺市,东有千叶市,南由三浦(西)和博索(东)两半岛环抱,只留一小开口,由浦贺水道进入太平洋。南北长80公里,东西宽20~30公里,湾口仅8公里,里宽外窄,为陷落海湾,沿岸深10~20米,填海造地面积达1.3万公顷。

这是个自费项目,每人8000日元,相当于600多元人民币,确实不便宜。导游说,可以坐下来,静静地欣赏东京。想到明天就要离开日本了,同伴们很犹豫地交了钱,明知导游又会大赚一笔,有什么办法呢?船上大概有40人,大部分是中国游客。隔着走廊与我并排坐的是一个中年男人,小麦色皮肤,他似乎没有同伴,沉默、寡言,从长相举止看,应该是个日本人。

从浅草寺上游船到台场码头,可以近距离欣赏东京湾著名的彩虹大桥,观看东京湾全景。

金色的晚霞映照在海面上,波光激滟,两岸的景物也披上了霞光。游船缓缓地行驶,不远处,彩虹大桥近在咫尺。

彩虹大桥是东京湾的一座跨海大桥,它是日本首都东京的一条横跨东京湾北部,连接港区芝浦及台场的吊桥,大桥为双层结

117

构,上层为 4 车道高速公路台场路段,下层是包括 2 车道干线公路和 2 条轻轨铁道。两座支撑大桥的桥塔使用白色设计,在悬索桥面的缆上置有红、白、绿三色灯泡,采用太阳能发电,日暮以后,444 盏灯同时点亮,像一道彩虹挂在天上,与海水相映生辉,真是人间天上、天上人间!难怪年轻的情侣们都喜欢来这里约会。这里也是日本偶像剧的圣地,如《东京圣诞夜》《成天离婚》《恋爱时代》等剧都来这里取景,这座横跨在东京湾的吊桥成了代表永恒不渝的定情桥,此桥也是台场的标志。

据说台场以前是防御外国炮舰的炮台,后来炮都撤了,但名字经过简化得以保存下来,现在这里成了繁华的商业区和娱乐区,台场面向东京湾。

东京湾上有很多桥,据说有 27 座,我数了数,我们只经过了 10 多座,这些桥风格不同,形态各异,但都是浮光掠影般一晃而过,沿岸高楼大厦林立,豪华气派。突然,我的目光被一座雕像吸引,恍惚间似在美国。原来,不远处的台场矗立着一尊自由女神像,导游说,这是日本复制的自由女神雕像。1998—1999 年日本"法国年"期间,巴黎市将法国大革命 100 周年时美国回赠给法国的那尊自由女神像借到日本展出。展出结束后,日本政府于 1999 年 3 月申请复制该神像,获法国政府同意。2000 年,神像复制完成并在此揭幕。原来如此。同伴们纷纷跑到甲板上以此为背景留念。

我们在船上还远距离地观赏了东京塔。东京塔的正式名称是日本电波塔,位于日本东京港区芝公园,是一座以巴黎埃菲尔铁塔为范本而建造的红白色铁塔,高 333 米,比埃菲尔铁塔还高,是目前世界上最高的自立式铁塔。

一个小时的游览很快结束了，下船的时候，我邻座的那个日本男人，一个不经意的动作，深深地打动了我：就在他起身时，看到船板上有纸屑，他很自然地弯腰拾起，然后装进了自己的口袋，默默地离开了。

那一刻，那个身材不高的日本男人在我心里的形象一下子高大起来，这个看似不经意的小小举动，竟让我深深地感动。那个下午，我所经历的场景已然模糊，唯有日本男人弯腰的动作，深深地留在了心底。

十一

一个星期的东瀛之旅很快就要结束了，今天就剩下最后一个景点——东京天皇居所，下午就要起程回国了。

上午，天空不合时宜地下起了小雨，大巴缓缓地在东京市区行驶。由于空间有限，东京的道路比较狭窄，干道一般只有两个车道，但没有塞车现象，路上行人很少，自行车也不多，我几乎没有看到交警执法，这可是近 1400 万人的国际大都市啊，我感到很新奇。导游介绍说，为缓解交通问题，东京建了许多高架桥和隧道，日本的城市在向地下发展，地面和地下是两个并行的世界，生活所需的交通和与生活密切相关的商店、娱乐场所等也在地下，这就大大缓解了城市的压力。

我们的车时而穿越地下，时而穿梭于高楼大厦间。因是雨天，在一些繁华区，道路也有些拥挤，但井然有序，不一会儿，大巴便到了皇居广场。

顾名思义,皇居是天皇平时居住的地方。日本皇居是江户幕府于 1457 年所建的城堡,1888 年才成为日本天皇的居所。皇居不对外开放,只有 1 月 2 日日本新年和天皇生日这两天才可以参观。皇居前的广场原是皇室庭院的一部分,占地约 21 万平方米,1949 年 4 月对外开放,自此以后便成了国民公园。想不到,在东京这个寸土寸金的地方却能保存下这么一大片土地和绿地,真是不可思议。

同样是皇宫,相比之下,北京故宫明显更恢宏大气、霸气和张扬,而这里却似小家碧玉、低调、冷清。

小雨依然在下,广场上盛开的樱花随雨点落满一地。宽阔的广场种满了绿色植被,青松翠柏,绿地如茵。尤其是修剪整齐的黑松格外引人注目,据说有 2000 余棵,排列整齐,像守护皇宫的忠诚卫士。广场的道路都由细碎石铺就,踩上去沙沙作响。导游说,这一方面是为了防止刺客夜袭天皇而设计的,另一方面是为了让雨水自然渗透到地下,我倒觉得这比北京故宫前铺设的大理石更接地气。继续往前,广场上有一座骑马武士的青铜雕像,是日本著名的武将楠木正成(约 1294—1336),此人曾是日本军国主义的化身,是日本人心中一个大英雄。站在他的面前,我的心里涌起一股复杂的情感。

从广场经由正门通往宫殿的护城河上,建有两座桥,前侧的是皇居正门石桥,里侧的是皇居正门铁桥,著名的“二重桥”就是这两座桥的总称。二重桥是游客的必经之地。二重桥下的护城河,被雨点溅起朵朵水花,沿岸垂柳与樱花倒映其中,静态之中更显灵动之气。走过二重桥,远远望去,白墙灰瓦的皇宫被苍翠的古树掩隐,寂静中透着几份神秘,相比日本寺庙和神社的金碧辉煌,皇宫就显得低调多了,但里面奢华与否却无从知晓。

与中国不同的是,这里仍住着日本的天皇,而中国的皇宫已是人去城空,历代皇族的荣耀已消失在历史的记忆中。

护城河外是喧嚣的俗世,作为凡夫俗子的我再次把目光投向看似冷清的皇宫,脑海里又浮现出影视剧里的场景……

突然,一股寒冷袭来,我打了个寒战。紧紧抱住自己,那一刻,回家的心情是如此急迫。

下午,雨一直在下,在淅沥的雨声中,大巴车行驶在前往成田机场的路上,车厢内寂静无声。我闭上眼睛,再也无意窗外的缤纷,心事似窗外的细雨,剪不断理还乱,眼前总是晃动平和公园的那副对联——"祈国土安稳,祈世界平和"。是啊,"和平"是世界各族人民的共同心愿。日本啊日本,我轻轻一叹。直到登上飞机,我再也没有回头。

别了,东京。

别了,日本。

轻与重

　　翻过米兰·昆德拉的长篇小说《不能承受的生命之轻》的最后一页,我轻轻地合上了书。我的思绪并未随故事的结束而停止,一个问题在脑海中反复萦绕:如何选择人生的"轻与重"?这似乎是一个很大的命题。

　　是啊,何为"轻"?何为"重"?米兰·昆德拉在此书中并未阐释清楚。此书讲述的是 1968 年因苏联侵袭占领了捷克的布拉格,捷克所遭受的厄运和人民所遭受的屈辱以及在祖国丧失尊严、人民流离失所的背景下,书中的男女主人公所经历的逃亡和情感生活。或许,作者从另一个我无从理解的角度阐明了"轻与重",但以我的理解:"轻与重"就是自然世界中人们能承受或不能承受的责任重负,这个责任即为"重",除此之外的一切便为"轻"。

　　如此看来,"重"就显得尤为残酷和沉重,它像一座大山压得我们喘不过气来,让我们屈服于它,但同时,它又代表着一种力量,即一种最强盛的生命力,而通过这种力量,人才能觉察存在的真实和完满,从而感知生命存在的意义!

　　那么"轻"呢?与"重"相比,"轻"却显得是那么美丽和轻盈,它能让人达到一种境界,那就是陶醉与忘我,甚至是一种痴迷与沉沦。相反，失去了"重"，"轻"就会比空气还轻，就会飘忽不定、失去自我，从而失去生命的意义。就像《不能承受的生命之轻》里所描述的，当一个国家的领土和主权沦丧的时候，在这个土地上赖以生存的人民何谈安宁和幸福呢？

由此看来，"重"是存在于自然的世界里，而"轻"是存在于情感的世界里。

那么，到底该选择什么？是"重"还是"轻"？这似乎让人很难选择。

《不能承受的生命之轻》中提道："巴门尼德早在公元前六世纪就给自己提出过这个问题。在他看来，宇宙是被分割成一个个对立的二元：明与暗，厚与薄，热与冷，在与非在。他把对立的一极视为正极（明、热、薄、在），另一极视为负极。这种正负之极的区分在我们看来可能显得幼稚简单。除了在这个问题上：何为正，是重还是轻？巴门尼德答道：轻者为正，重者为负。他到底是对是错？这是个问题。只有一样是确定的：重与轻的对立是所有对立中最神秘、最模糊的。"

女儿的高考失利让我面临一个两难的选择：让她上大学还是复读？其实，这也不难选择，更难的选择是如果复读，想选择一个更好的学校我就得陪她离开家乡和亲人，就得放弃目前的安逸和舒适，就得放弃一种社会责任而承担一种家庭责任，但在家庭责任中，我又不得不选择离开父母、离开丈夫，不能尽女儿的孝心和责任，不能尽妻子的义务和责任，而这个时候，我只有一种选择：那就是母亲的责任。

临走的头天晚上，我和女儿带着礼物去看了我的父母，我告

诉他们,我和女儿明天就要去市里了。父母根本没想到,我说这也是临时的决定,时间很仓促,没来得及告诉你们,不过,这不到一年的时间眨眼就过去了。说这话的时候,我既是在安慰父母,同时也是在安慰自己。父亲表现出很轻松的样子说:"尽管放心地去,不要担心我。"母亲有些伤感,幽怨地说:"几个儿女,居然没有一个在身边,万一有什么事情怎么办?"我说:"交通和通信都很方便的,距离又不远,尽可放心好了。"

说实话,面对年迈而又体衰的父母,我不敢正视他们的眼睛,我感到很自责,很内疚。父母和女儿在我的心里占有同样的分量,这个时候,我为自己情感的天平倾向了女儿而感到羞愧,我觉得自己很自私。

我们赤条条地来到这个世界,当剪断了与母体连在一起的那根脐带,作为一个独立的个体存在的时候,除了母体的血渍,我们一无所有,是母亲用她的乳汁和心血将我们养大。小的时候,我们离不开父母、依赖父母。那个时候,父母在我们幼小的心里是伟大和神圣无比的,除了父母,我们什么都不知道,父母就是我们认知的世界。慢慢地我们长大成人,结婚生子,这个时候,父母在我们的心里不是唯一的,我们的重心开始向丈夫和儿女倾斜,这是一个正常的心理演变过程,父母和我都认同和接受了这个事实。

今天,面对幼小的女儿和年迈的父母,我不得不进行选择,父母和女儿哪个"轻"哪个"重"呢?他们都是我最至亲的人。幼小的女儿需要我的呵护,年迈的父母同样需要我的陪伴。最终,我选择了陪同女儿复读而离开了父母。

　　在人生的旅途上,最终陪你走完这段路程的是你的丈夫或妻子,尽管你们之间没有血缘关系的维系,却有着比血还浓的情义。当我们在享受成功或遭遇挫折的时候,当我们拥有快乐或忍受孤寂的时候,陪你度过这段时光的永远是你的丈夫或妻子。可是今天,为了女儿将来更好的人生,我不得不陪同她复读而暂时离开丈夫,将那份清苦和寂寞留给他。

　　在自然和感情的世界里,父母之情、丈夫之情、女儿之情都是一种生命中的责任重负,而这种责任没有"重与轻"之分。可是,当我们不得不面临选择的时候,"重与轻"就充分地显现出来,被选择的一方成了"重",被放弃的一方就变成了"轻"。

　　巴门尼德的回答让我越来越模糊。巴门尼德把宇宙分为对立的正负两极,在他看来,正极为"轻"而负极为"重",这种区分在我看来是那么简单可笑。我认为,不管是在自然的世界,还是感情的世界,正负两极、"轻与重"都是可以相互转换的。

　　何为"轻"？何为"重"？怎样选择？这确实让我们陷入了一个两难的境地,人生的无奈和痛苦由此而产生。

　　当我们选择山川的时候,我们不得不放弃江河;当我们选择太阳的时候,我们不得不放弃明月。面对选择,我们是那么无可奈何。

　　所以,自然的生命和情感的生命没有"轻与重"的区别。人生的美丽不需要进行选择。

　　然而,面对一份份生命中的责任重负,尽管我们的心里没有"轻与重"的区分,可当我们面临选择的时候,"轻与重"就明显地凹凸出来。这个时候,选择是那么残酷、艰难和痛苦。纵然是那

滋养

么无奈，我们却不得不面对选择。

　　"轻与重"让自然的生命和情感的生命何其神秘与美丽，同时，又何其残酷与无奈。

心灵之旅

当岁月的年轮在我曾经年轻的脸上碾过一道道痕迹的时候，我无不感叹时间的冷酷和无情。世事沧桑，物换星移，曾经懵懂不谙人情世故的我已到中年，过去曾有过的狂热、激情、踌躇满志、气冲云天的壮志豪情，已在岁月的长河中淡淡逝去，渐渐远去……

多少次，仰望头顶的那弯冷月，总想以一颗淡定、从容、平和、安宁的心去感受感知现在的世界，无奈，内心的那份浮躁和悸动，又总是让我感到一种莫名的沮丧和懊悔……

多少次，走在绿树成荫的路上，我变得是那么贪婪，我总是尽情享受着上苍赐予的清新空气，感受着自然的神奇和美妙。然而，一路走来，我不曾洒下辛勤的汗水……

多少次，在每一个落叶缤纷的季节，我总是感到撕心裂肺般的疼痛，我叹惜"花谢花飞飞满天，红消香断有谁怜"的凄凉境地，同时，又怨恨"一年三百六十日，风刀霜剑严相逼"的岁月无情！

多少次，曾幻想着今生有所作为，到如今，空留遗恨。面对"烈士暮年，壮心不已"的雄心伟志，深感羞愧难安。

曾经，幻想穿过时光的隧道，以谦卑者的姿态去接受古代圣

贤的教诲,聆听那些仁人志士撼天动地的声音,感受他们志存高远、心怀天下的博大情怀。"居庙堂之高,则忧其民;处江湖之远,则忧其君……""先天下之忧而忧,后天下之乐而乐……"像这种舍弃自我,心怀天下、心系黎民百姓的古代圣贤,当今之时,又有几人?

多少个寂寞的夜晚,临窗伫立,将心灵之窗也同时开启,让自己沐浴在那空渺的宇宙之中,任凉爽的清风拂面而来。此时此刻,物我两忘,唯有范公的文章和风范存留脑际。我敬佩范公的"凛凛然为天下之时望"的浩然正气,更欣赏他"又雅意在山水之好"的浪漫情怀。

曾经,在冰雪寒冷的夜晚,面对一个衣衫褴褛,瑟瑟发抖地在垃圾桶里找寻食物的老妇,我感到于心不忍,我真的希望得到"广厦千万间,大庇天下寒士俱欢颜"。只是,我爱莫能助。我真的很惭愧。

曾经,为了理想,众里寻他千百度,衣带渐宽终不悔。当现实的残酷折断了稚嫩的双翅,蓦然回首,已是青春不在,韶华已逝,除了被岁月串起的那一串串遗憾,再就是心有不甘,我真的是一无所有。

曾经,那曾经拥有的一切,已在岁月的长河中淡淡逝去,渐渐远去……

夜茫茫

月亮毫不吝啬地把柔和的光辉奉献给大地，沙滩也毫不客气地享受月光的爱抚。

此时，我漫步在空旷的沙滩上，平时灵活的双腿在这柔软的沙滩上，也只能深一脚、浅一脚地挪动着。昔日裸露的小石块，大概对我的光临颇感荣幸和深表敬意吧，情愿为我铺下平坦、酥软的路基，暂时隐没在沙窝中。我仍蹒跚地移动着……也许认为自己所走过的路可称为光荣的历史吧，无限希望地扭过头来，展望脑后的一切，失望的是，除了那串留在沙滩上的脚印外，再就是被月光拉长了的，那孤独的身影……

我仍蹒跚地移动着，两腿是那样沉重、无力……

随着我踽踽而行的脚步，记忆的帷幕被慢慢拉开，儿时的情景浮现在眼前，童年！啊！美丽快乐的童年……天真无邪的童年……

银白色的沙滩上，深深印着我赤脚奔跑的小小脚印，我们这群无忧无虑的孩子，玩游戏，捉迷藏，累了就躺在沙滩上睡觉。直至大人们喊我们回家时，我们这些快乐的小天使才恋恋不舍而又异口同声地唱着"月亮走，我也走，我给月亮提笆篓"的童谣，往家

走去……

童年——沙滩,啊!多么甜蜜的回忆。

而现在只有我一个人正孤独、无聊地在此寻找童年的足迹,想竭力追回那已失去的快乐时光!

月亮渐渐地爬高了,却不明朗,时而飘浮的云,像专和我作对似的,一次又一次给月亮笼上一层薄薄的轻纱,夜空一片灰蒙蒙的。

四周异常寂静,只有沙沙的脚步声在耳边回响,阵阵北风无情地吹打在脸上,我不禁打了个寒战。此时此刻,梁实秋老先生说过的一句话在耳边响起:青春把我抛得越来越远,把我踢上了层楼。是呀,逝者如斯,无可奈何,岁月无情,青春已不在,放眼未来,来日亦无多。既然来日亦无多,还有什么理由在这里做无谓的叹息呢?我猛然醒悟过来,精神顿感轻松、愉快。仰望天空,月亮正穿云追星,浮云不知何时已消失,万物被溶进这柔和的银辉之中,如临仙境。不能再扰乱大地的夜梦了,于是折转身来,踏上返家路途,沙滩渐渐落在后面,只有明月在悄悄地伴随着我……

永远的绝响

《高山流水》

喜欢古琴曲《高山流水》完全得益于明代冯梦龙《警世通言》里的白话文小说《俞伯牙摔琴谢知音》，看此文时，我还是个不识愁滋味的懵懂少年。

文章开篇写道："恩德相结者，谓之知己；腹心相照者，谓之知心；声气相求者，谓之知音，总来叫作相知。"

故事内容是这样的：春秋战国时，有一名公，姓俞名瑞字伯牙，楚国人氏，在晋国做官，仕至上大夫之位，奉晋主之命，来楚国办事。因伯牙是风流名士，喜欢游山玩水，览胜探奇。一路上山遥水远，船行至汉阳江口，时当八月十五中秋之夜，突然风狂浪涌，大雨如注，舟楫不能前行，泊于山崖之下。不多时风恬浪静，雨止云开，现出一轮明月。此时伯牙在舱中独坐无聊，即命童子捧出琴来，欲抚琴一操，以遣情怀。一曲未终，琴弦断了一根，伯牙惊讶，难道这山野也有听琴之人。遂命童子出舱观望，童子回言：荒郊野外并无人家。这时，忽听山上有人答言：我就是那听琴之人。伯牙回答：山野之人也敢言听琴二字。那人说：岂不闻门内有君子，门外君子至吗？伯牙想此人绝非俗人，即命童子请那人上船入舱。入得舱来，只见那人蓑衣布履，一副山野村人打扮。那人走至伯牙前，施礼曰：小人姓钟名徽字子期，乃一樵夫。伯牙请子期就座。二人谈琴论乐。随即，伯牙将断弦重整，沉思半晌，抚琴一弄，其意在于高山。樵夫赞道：美哉洋洋乎，大人之意在高山也！伯牙不答，又凝神一会儿，将琴再鼓，其意在乎流水。樵夫又赞道：美哉汤汤乎，志在流水了。只两句道出了伯牙的心事。

二人在船舱中把酒问盏，谈古道今，谈琴论乐，不知不觉天已大白。然二人意犹未尽，恨相见太晚，遂结拜金兰。伯牙为兄，子期为弟。二人相约来年中秋之日在此地相见。真是：相识满天下，知心能几人；相见何太迟，相别何太早。

次年中秋之夜，伯牙如期来到江边左等右等不见子期。破晓天明，伯牙寻至子期家，方知子期已逝。伯牙悲痛万分，痛哭疾首曰：忆昔去年春，江边曾会君。今日重来访，不见知音人。但见一抔土，惨然伤我心！伤心伤心复伤心，不忍泪珠纷。来欢去何苦，江畔起愁云。子期子期兮，你我千金义，历尽天涯无足语，此曲终兮不复弹，三尺瑶琴为君死！

这真是：摔碎瑶琴凤尾寒，子期不在对谁弹？春风满面皆朋友，欲觅知音难上难。随即摔破瑶琴，发誓永不弹琴。

这是一个感人肺腑荡气回肠的故事。至今，这故事仍然感动着我。是呀，黄金易得，知音难求。茫茫人海，芸芸众生，难觅知音。如今，知音已逝，高山流水有谁听？

许多年以来，每当我听《高山流水》这支曲子时，眼前总是浮现出那个遥远时代的故事。在我郁闷、烦躁、不安时，一曲《高山流水》就能让我云开雾散，心情释然……是的！我相信，人世间总是有很多美好的感情存在。正是有诸多美好的情感，我们的心灵才能相知相依、相恋相连！我们的社会才能美好、和谐！尽管现实物欲横流，我依然相信。是的，我相信！

《广陵散》

那是二十多年前的一个早晨。我躺在床上，外面下着毛毛细雨，天阴沉沉的，我的心情也烦躁、郁闷，无聊至极就打开收录机，播音员正在解说：下面这首乐曲是我国最古老的一首古琴曲《广陵散》，欢迎欣赏。就这样，我第一次知道了《广陵散》。果然，此曲不同凡响。其曲调抑扬顿挫，起伏跌宕，时而慷慨激昂，时而阴柔温婉，细心静听，确有神奇之韵，非一般乐曲所能比也。我无端由地喜欢上了这首曲子，尽管不知道此曲所描述的是一个什么故事、一份怎样的情感，但我还是毫无理由地爱上了她。

为了真正理解这首乐曲的内涵，我查阅了大量的资料、书籍，可终是无获。直到多年后，才从中央人民广播电台得知大概。之后我又查阅史料得之详细。《广陵散》又名《广陵止息》，《史记》上记载，此曲讲述的是战国时期一个叫聂政的韩国义士为好友刺杀政敌相国的故事。故事体现了一种"士为知己者死"的高尚情操。《琴史》《晋书》又载：广陵散曲者，嵇康，字叔夜，谯郡之人也。尝游会稽，宿华阳亭，引琴而弹；夜分，忽有客诣之，称是古人，与康共谈音律，辞致清辨，因索琴弹之，为广陵散曲，声调绝伦，遂以授康,仍誓不传人……

说到此,我不得不说到一个人:嵇康!嵇康乃魏晋时人,他是曹操的曾孙女婿。在那个动乱而又黑暗的英雄年代,嵇康可谓一代英雄。他才高八斗,长相英俊。有文为证:叔夜之为人也,岩岩若孤松之独立。其醉也,傀俄若玉山之将崩。他崇尚自然,不受教条礼法约束,厌恶官场仕途,不畏强权,蔑视权贵,注重友情,甘为朋友两肋插刀。就是这样一个可爱的名士,也逃不过那个悲惨时代的悲惨命运。司马氏以莫须有的罪名将他判处死刑。临刑时,嵇康望着三千名为他请愿的太学生很感动。这时,《广陵散》的旋律在耳边响起,他想:仍誓不传,难道这曲子在我手上就真的永世断绝了吗?想到此,他让哥哥拿过琴来,刑场上他从容地弹奏一曲《广陵散》。就这样《广陵散》几经周折从隋朝宫廷传到唐朝又流落民间,最后才由朱元璋的儿子朱权编入《神奇秘谱》。现在的曲子是经过后人重新整理、改编的。

这个故事离现在已经有一千七百多年了。虽然这是一个非常遥远的故事,但总觉得仿佛就在眼前,不管怎样我们还是要感谢嵇康,如果没有嵇康临刑前的演奏,此曲就真的成了千古绝唱。当我们这个时代的上空飘响着《广陵散》那抑扬顿挫、起伏跌宕、慷慨激昂、阴柔温婉的旋律时,我们不会忘记那个遥远时代的英雄:嵇康!是的,不会忘记!

《梁祝》

说起小提琴协奏曲《梁祝》,我真是百听不厌,每次细听都有不同的感受，且每次听后都有一种难以言说的悲凄情怀……

记得第一次听《梁祝》，是在 20 世纪 80 年代初，我还是个学生，高中也快毕业了。当时，家里没有其他的音响设备，只有一台小收音机。记得好像是在五月的一个晚上，大约是九点多钟吧，我正胡乱地摆弄收音机，忽然，一阵优美的旋律飘然而至，我立刻安静下来，静静地听了下去，可一会儿就结束了。当时，我好像受到某种震撼，一种说不清的感觉。之后好多天我再也没有听到那优美的旋律。不知过了多久，无意中我再次听到这首小提琴协奏曲，我才知道它叫《梁山伯与祝英台》。

从那以后，我对这首乐曲可谓情有独钟。毕业以后我参加了工作，用第一个月的工资买了一把便宜的小提琴，居然无师自通地学会了一些简单的乐谱。之后我又买了由俞丽拿独奏的小提琴曲《梁祝》的磁带、影碟，MP3 里下载的也是《梁祝》。这么多年以来，不管走到哪里，《梁祝》一直萦绕耳畔。可以说，我对它的喜爱已渗透骨髓。

《梁祝》是由何占豪、陈钢作曲的，第一次登台演奏小提琴独奏《梁祝》的是俞丽拿。

当时他们都是上海音乐学院的学生。乐曲是采用浙江民间小调而成，共分三个部分，即呈示部、展开部、再现部。呈示部主要表现的是梁、祝草桥结拜的欢快场面，展开部主要表现的是楼台会、英台抗婚，再现部主要表现的是化蝶。在这三个部分当中，我最为痴迷的就是展开部、再现部，尤其是展开部楼台会、抗婚那段：大提琴与小提琴如泣如诉，哀怨缠绵，使听者落泪，闻者心酸，千般相思，万般无奈……纵然是"同窗三载结情意，相知相依也枉然;抱恨离别情未了,化作蝴蝶比翼飞"。此时此刻,在我写这篇文章时,《梁祝》的旋律已溢满了整个房间……那难诉的相思之苦,难解的离别之恨,难圆的爱情之梦,难释的悲凄情怀,深深地震撼着我,此时我已是泪流满面……

随着旋律的起伏,乐曲已进入再现部"化蝶"这段。伴着优美的仙乐,梁祝已化为蝴蝶翩翩起舞,我的心也豁然开朗。乐曲《梁祝》其实是向人们诉说着一个凄美的爱情故事,告诉人们那个时代最原始最质朴的情感,演绎着一个永久不衰的主题:爱情! 同时,也预示着人们所追求的那种花常好、月常圆、人常美的理想生活。梁祝的故事毕竟只是人间佳话、书中美谈。但愿我们的人生不再有遗憾! 但愿我们这个时代永远美好!

为爱痴狂

　　刘若英的一曲《为爱痴狂》曾让我也一度痴狂。

　　喜欢此歌不只是因为它曲调优美，也缘于其歌词写得好。我曾花掉整整一个下午学唱此歌。今天，当我再次听这首歌曲时，却是别有一番滋味在心头。

　　从古至今，为爱痴狂、为情所困者不乏其人，问世间情为何物，直教人生死相许！爱情的力量真是撼天动地，讴歌爱情，赞美爱情的文章、影视剧是人类永远不变的主题。而今天，我所要讲的却是区别于人的爱情——动物的爱情。

　　我家养了一只雄性大麦町犬，名叫笨笨，现已成年。说到它的名字，还有一个故事，是这样的：在没养笨笨以前，不到两年时间，我养过四只名犬，除一只丢失，其余三只均在幼年夭折，我曾发誓此生不再养狗。可当一朋友将这只刚刚满月的麦町犬带到我家时，我又是毫无理由喜欢上了它。我一改过去给狗取洋名、好名的作风，随让女儿给它起了一个贱名，意在好养，女儿就给这只狗取了个名字叫"笨笨"。

　　不承想，笨笨居然长大了，而且健康、漂亮、威武。平时笨笨很少出门，性格也比较温顺，不管谁来我家，它总是摇头摆尾，以

示亲热,很少对人狂呼乱叫。可不知为什么,前些日子,它总是喜欢往外跑,白天几乎都不在家,甚至有一天竟发展到夜不归宿,急得我与先生找到大半天也没找到,我想肯定是丢了,看来我真的是与狗无缘。晚上,女儿自习回家,听说笨笨丢了,伤心地哭了起来。那天夜晚,我只要一闭上眼睛,就似乎听到笨笨的叫声,直到第二天中午,才将它找了回来,别提它当时看到我那个高兴样儿了,张牙舞爪、摇头摆尾,只往我身上扑。

从那以后,我就不敢让笨笨出门,我怕它出去后再不回来,更怕它成了别人的盘中餐(冬季总有一些人喜欢打狗吃),所以就将其锁在院中。可它显得魂不守舍,坐卧不宁,无精打采的,时不时还跳上花池将头伸出栅栏外,狂呼乱叫。那声音凄厉、哀怨,我不忍心,将其牵出去遛遛,可谁知我一打开院门,它一把挣脱我手中的链子,箭一般冲了出去,任凭我喊破嗓子,它头也不回,径直向前跑去。那份执着坚定、勇往直前,简直让我气恼,都说狗是人类最忠实的朋友,狗对主人的忠诚是其他动物所不能比的。可现在,任凭我千呼万唤,它就是不回头。顺着笨笨跑的方向,我一路追去,原来,就在离我家不远处的另一住宅小区的花丛里,笨笨正和一只灰色的狗在嬉闹、欢娱、亲热。看到此,我什么都明白了,原来,笨笨恋爱了,怪不得它这么不管不顾的,拼命想出去。

回到家,我将此事告诉先生,先生笑着说,原来动物的爱情也是这么热烈、痴狂,不管它,随它去吧。可万一被恶人打死了怎么办?如果在外面惹是生非将人咬了怎么办?我有点儿担心。但如果将其锁在院子里,不让它出去,那等于扼杀了它的爱情,我又有些于心不忍,再说它总这么叫着也让人受不了。怎么办?我的一位做医生的朋友建议给笨笨做个手术,除去它的雄性功能,这样它就不会想入非非,不会到处乱跑了,可我觉得这样太残忍,我不忍心。面对笨笨的爱情,我真的是一筹莫展!唉,由此我不禁想到,动物尚且如此,何况有理性、有感情的人呢!

　　让我们讴歌、赞美那些美好的爱情吧!愿天下有情人终成眷属!让世界充满爱!

第二辑　陪伴

李良斌/摄

　　感谢你让我参与和陪伴了你的成长。

　　孩子,做你的母亲是上天赐予我的恩惠,如有来生,
我依然会做你的母亲,在人间,好好爱你。

感念你心似我心

——写给女儿的生日

这是个半圆的夜晚,星月微光,清寂。

这是个让人容易臆想的夜晚,一些忆念如潮水,泛上心头,久不肯消隐。此时,看着身边渐已长大、亮丽如花、清纯似雪的你,心底泛起的柔软,竟让我好想揽你入怀,没想到,你竟然拒绝了我。或许感受到了我情绪的变化,你有些不忍,歉意地钻进了我的被窝,紧紧地抱着我。刹那间,在岭南这个冬天的夜晚,一丝暖意涌遍了全身,我幸福地闭上眼睛,尽情享受上苍赐予的天伦之乐。一切是那么真实而愉悦,在充分享受这份美好而幸福的时刻时,记忆中那些美好的片段,争先恐后地涌入脑海,定格在眼前。

那一年的那一天是小寒。雪花飘洒如絮,身姿曼妙,万物被它装点得如童话般美丽。放眼远眺,银装素裹,分外妖娆。那一天,你如白雪公主般来到这个美丽的世界,你的出生,驱散了严寒,如暖阳温暖了那一季的寒冷。你的出生,是你率性所为,根本由不得我来安排。那几天,我总是小心翼翼的,想留你在腹中多待几天,然而,你还是迫不及待地降临人世。只差那么几天,我们便可拥有相同的生日。为此,我遗憾至今。

从小到大,你一直被周围的人宠爱、呵护。任性、倔强、叛逆的你根本受不得半点委屈。每当你犯了错误,我想严加管教,可总是在他们的劝阻下土崩瓦解。由此,我成了你心目中的黑脸包公,你总是故意和我背道而驰,你的反叛又总是让我无可奈何。在一次次的无奈中,我只能妥协你的任性和刁蛮。我一直担心,这种娇宠,会阻碍你的成长,影响你将来的人生。没想到,聪慧的你在各方面都是那么优秀,而且品行端正,洁身自爱。你像个骄傲的公主,张扬着天使般的美丽,给周围的亲人带来无尽的快乐。

随着你慢慢长大,年龄抑或是信仰、观点、理念上的差异使我们的意见很难达到一致。时常,在争执中,我们彼此受伤,都试图通过内心的较量让对方接受,可依然是我无可奈何地妥协,但这并不意味着我接受了你的观点。我承认,你是个有理想、有主见的人,这点我很欣慰,我也承认我的落伍,但我并不承认,自己内心的脆弱。尽管如此,所有的分歧,并不妨碍我们之间的理解和认同,更不会妨碍我们会成为知己(你曾经说过你是我的知己)。

其实,与你的分歧,归根结底,只能说明一个残酷的现实:岁月无情!时间的脚步已把我抛向了时代的边缘。一个惯用的名词:代沟。这是两代人现实差异而不能相互理解的合理措辞。我只能这么解释。

光阴荏苒。如今,你已是一所重点大学的大二学生。随着知识的积累、眼界的开阔、阅历和经验的丰富,你更加坚定了自己的追求和理想。我不得不承认,孩子,你真的长大了。但欣慰之余又难免有些伤感,孩子的成长为什么又总是以离别为代价。两地思念如烈酒噬心,那是一份刺骨的痛。

此时,万籁俱寂。窗外的高楼也难挡月光的映照,如纱的月光透过薄薄的窗纱流泻进来,透着蒙蒙的神秘和暖意。我侧身看着熟睡的你,忍不住亲吻你光洁、柔嫩的脸颊。这时,耳边又想起你的话:"妈妈,如有来生,让我做你的妈妈吧,让我像你爱我一样的爱你……"就像第一次听到的那样,一种无以言说的幸福溢满了身心,我再一次忍不住泪流满面。

孩子,做你的母亲是上天赐予我的恩惠,如有来生,我依然会做你的母亲,在人间,好好爱你。

想你

当你双脚迈进大学校门的那一刻,我知道,你离我已越来越远。

这就是人生,在得与失、取与舍、进与退中,我们不得不独自品尝那份撕心裂肺的分离、思念、孤独、苦涩与甘甜。

其实,我一直渴望你长大,能展翅翱翔于蓝天。琦儿,我一直渴望着。如今,当你稚嫩的翅膀真的可以展翅飞翔的时候,我的心却开始隐隐作痛。

人生自古伤离别。从小到大,我俩不曾有过分离,而这次的分离却是那么遥远,时间又是那么长。

真的不舍与你离别,那一刻,执手相看,强欢颜,却将离愁掩藏。

在你放飞理想的美丽校园里,看到那些洋溢着青春、自信笑脸的天之骄子时,离别的愁绪在慢慢淡却,可当我拥你入怀时,晴朗的天空骤然飘起了伤感的阴云,我的心泪如泉涌,我一个转身,竟头也不回。

我竟然没有留下一句话,琦儿,我害怕一开口,我的眼泪会喷涌而出。

你走后,过去那些摩擦、琐碎的日子却成了定格的片段,反复在我的脑海里上演,如今却是这般的珍贵和美丽。

这段日子,想你成了我生活中的唯一。在品味思念的过程中,我又反复思考着人生的意义,快乐、幸福到底在哪儿?正如年轻的时候,我们期盼着孩子的降临,含辛茹苦将其抚养长大,在孩子成长的过程中,我们付出了心血,我们的青春也慢慢流逝,可我们从来不曾遗憾、后悔过。在陪伴孩子的酸甜苦辣中,我们也收获了更大的快乐、幸福和成熟。是孩子纯真的世界教会了我们怎样做人、做母亲,教会了我们做人的责任、做母亲的责任。孩子是上苍赐予我们最大的恩惠和满足。

孩子长大成人是每一个做父母的希望,也是做孩子的期盼。当这一天来临的时候,却是那么的快,让人猝不及防。猛然间,我的世界像被掏空了一样,什么都不复存在,那份空旷让我觉得好恐慌。

难道孩子的成长一定要以离开父母的怀抱为代价吗?难道这个世界一定要把孩子和父母共同品尝两地相思的痛苦作为孩子长大的标志吗?我这样反复地问自己。

我这是怎么了?竟如此怨天尤人,如此愤愤然!我明知这是多么自私而又脆弱的表现,可是在感情上,我还是这样不能自制地将自己逼近逼仄的夹缝中,不能呼吸,难以自拔。这些天,字里行间、睁眼闭眼都是你——我的琦儿。琦儿,妈妈好想你,想得心都痛了。

我也明白,孩子离开父母的庇护,会更加独立、坚强,会走得更远、飞得更高。其实,孩子长大后离开父母,这是命中早已注定的过程,从孩子呱呱坠地那刻起就已经注定了。可是,当我真正面对这样的结局时,我感到了一种揪心的疼痛。这就是人生,每个人在面对人生的得与失、取与舍、进与退时,人生的抉择就是那么的痛苦与无奈。

那么,人生的意义,以及快乐、幸福到底是什么呢?你走后我突然明白:其实就是那么简单,简单的就是和你一起享受你的快乐,你的成功,你的忧郁,你的失败,你的倔强,你的刁蛮,还有我们之间的摩擦,争论不休的那些琐碎的日子,简单的就是你永远是绕在我膝前永远没有长大的孩子。

可是,我无法拒绝,你真的长大了,你用你的能力证明了你的长大。你可以独自去面对、去承受未来的一切,更重要的是,你不仅仅是我的孩子,你更是一个独立的个体,一个社会人。今天,你用你的成绩回报了我作为母亲的期望。想到此,欣喜之情油然而生。

刹那间,我突然醒悟,对你痛彻心扉的不舍与思念里饱含着太多的幸福与甜蜜,正所谓痛并快乐着。原来,我对你的思念更多的是基于对你的欣赏、骄傲和认知。琦儿,你永远是我生命中的美丽。

此时此刻,万籁俱寂,在这样静静的夜里,在这样孤独的静美中,你知道吗,我在想你,想你……

吾家有女初长成

——写在女儿的生日

一

十四年前的今天,你出生了。在那个寒冷的季节,你的降临犹如冬日暖阳,温暖着我的心。当医生将你送到我的面前,看到你那娇嫩、红扑扑的小脸蛋,怀抱你那柔软的小身体时,我的心都醉了。生你的那天,天正好下着雪,所以就给你取名雪琦。

那年的冬天特别寒冷,那场雪持续不断,一下就是十多天。在你出生的第五天,你未曾谋面的爷爷在农村老家猝然辞世,你爸爸作为长子,不得不抛下我们娘儿俩回老家料理后事。真是难为了你爸爸,要知道,这场持续不断的大雪,致使道路阻塞,车辆难行,你爸爸就是靠着双腿,深一脚浅一脚地走了几十公里赶回了老家,那种艰难和心里的悲痛自是莫可言状。料理完爷爷的后事,你爸爸又急忙赶了回来,道路依然阻塞。当你爸爸走回家时,已是掌灯时分,顾不得旅途劳累,来不及喘口气,就将熟睡的你抱在怀里,久久地看着你,一句话也不说。此时此刻,能安慰你爸爸的,只有襁褓中的你。

二

琦儿，你知道有心灵感应吗？在你很小的时候，我真真切切地感受到了心灵感应。那是在你快两个月的时候，那天夜晚，大概是凌晨三点吧，你的一声"妈"将我从熟睡中惊醒，我的第一反应就是掀开被子抱起你。只见你脸色通红，呼吸困难，我急忙叫醒你爸爸，给你量体温，竟高烧四十度，我们急忙送你到医院。在门诊室好不容易叫醒了一位值班医生，或许是搅了她的好梦，她很不耐烦，给你测体温时粗手粗脚的，我真怕弄疼了你。量过体温后，她轻描淡写地说我们真是大惊小怪的，才三十七度，没什么大不了的，回去喂些退烧药吧。我和你爸爸不相信，一再强调孩子高烧，可她就是不听，坚持说没事，最后我们同她吵了起来。

也是你福大命大。幸好你爸爸有一同学在医院上班，刚好他那天也值班，他立即找了一位姓赵的儿科医生。这位女医生四十多岁，长得慈眉善目，态度和蔼可亲。她细致地给你做了各项检查后，立即让你住院，并欣慰地说，幸亏你们送得及时，否则，后果将不堪设想。

琦儿，你知道吗，在你住院期间，每次看见护士给你扎针，我都心疼得流泪，我都会责怪自己没有照顾好你，让你遭这么大的罪。

琦儿，直到现在，我仍然不明白，才不到两个月的你，怎么会叫"妈"呢，而那天我确实真真切切地听到了你的呼喊，这或许就是母女连心、心灵相通吧。

三

你四岁以前,我们一直是和你姥姥住在一起。在这个大家庭里,你上有两个表哥,一个大你十岁,一个大你八岁,你这唯一的小公主,就格外受到恩宠。不管你做了什么错事,我和你爸爸对你的批评、教育都要受到干预和压制。你从没受到被人拒绝的滋味,我们对你的要求从来都是百依百顺,慢慢地你就养成了唯我是从、唯我独尊、任性娇宠的坏脾气。

记得有一次,一大家人都在院子里聊天。那是个春天的晚上,那天的天气很好,晚风习习,送来阵阵花香,沁人心脾;月光朗照,万物被笼上一层薄薄的轻纱,几颗明亮的星星镶嵌在空中。此时此刻,此情此景,我们都陶醉在这良宵美景之中。这时,不知谁突然叫了一声(好像是你舅妈):雪琦,你看天上的星星多美呀,又好吃,快叫你爸爸摘……你信以为真,就非吵着让爸爸摘不可,当时,你和爸爸的对话是这样的——

你:爸爸我要吃星星,你给我摘。

爸:天太高,我够不到。

你:上梯子摘(姥姥家有一木梯子)。

爸:把爸爸摔着了怎么办?

你:那……那……那就让大舅摘。

爸:那大舅要是摔着了呢?

你:我不管!我就要嘛!

说完,你不依不饶,又哭又闹,非要星星不可。没办法,你爸

爸只好哄你说到另外一个很高的地方去给你摘,其实他是去街上,跑了很多地方才买了一袋酷似星星的饼干,你尝了一口,立即就扔了,还说星星一点都不好吃。那时,你才两岁多一点儿。

四

　　你有一头卷发、翘翘的睫毛和白里透红的小圆脸,活脱脱一个洋娃娃模样,不管走到哪里,总是格外引人注目。一次,我下班接你回家(你刚上幼儿园),正好是放学时间,在路上,一群骑自行车回家的女中学生一下子围住了你,都夸你长得漂亮,像洋娃娃,其中有一个想摸你的脸,你怎么也不肯。回到家,你就问我:"妈妈,漂亮是什么?"我说:"漂亮就是好看呀。""那好看是什么?""好看就是小花朵呀。""那我一定就是小花朵呀。"你高兴得手舞足蹈。"是呀,我的琦儿就是妈妈心中的一朵可爱、漂亮的小花儿。"我亲了亲你的小脸蛋说。

　　四岁半的时候,我们就将你送到了学前班。有一天中午放学,见你脸上有泪痕,我就问你在学校是不是淘气了,挨老师批评了,你伤心地说:"同学们都欺负我,说我的头发像方便面,我就哭了。"我听了觉得好笑,可不是嘛,方便面也是一卷一卷的。"我不要方便面,我要和他们一样的头发。"你又哭又闹。"你看,妈妈也是卷发,琦儿的头发像妈妈不好吗?""不好!"你噘着嘴回答。"你这样说妈妈,妈妈会伤心的。""我也很伤心。"你反驳我说。那天,我不知怎样地好说歹说,你才算罢休。

　　从幼儿园到小学,你一直成绩优秀,一直是班里、学校的文艺骨干。每次有演出活动,无论是校内校外的,都少不得有你参加,而每次我都会跟随左右,替你更换衣服,照顾你。你自小一直体弱多病,每个学期都要请病假,甚至每月都免不了发烧感冒,即便如此也没影响到你的学习。那年,县里开始实行小学六年制,以三比一的比例择优录取,你仍然以优异的成绩考上了初中。

五

琦儿,在你成长的道路上,由于我和你爸爸对你教育的方式方法不同,造成了慈父严母的这种局面。你总认为爸爸爱你,而我不够爱你,你甚至错误地认为我只在乎你的学习,从不考虑你的感受。琦儿,你错了!扪心自问,我对你是太过严厉,但我绝不仅仅只在乎你的学习。在我的内心深处,你的快乐和健康永远是第一位的,我只希望你快乐、健康地成长,而不希望学习成为你的负担。可是,中国现有的教育体制及河南目前竞争激烈的状况,使我不得不格外关注你的学习,确实,你的学习被视为家中的头等大事。其实,见你每天披星戴月、早出晚归,我又何尝不心疼难过呢!琦儿,请理解妈妈吧。

寒来暑往,物换星移,如今你已长大,已不再是妈妈膝前撒娇、任性的乖乖女,而是一个即将结束初中生活的有理想、有追求的少年。在此,妈妈祝愿你永远快乐、健康!

感谢你——让我拥有了快乐和幸福!

感谢你——让我品尝了生活的乐趣!

感谢你——让我的人生更加充实!

雪琦,你永远是最棒的！永远是我们的骄傲！永远是我生命中的美丽！

此爱绵绵无绝时

——说给女儿的话

　　昨晚接女儿自习回家,九点半晚自习下课,九点四十女儿才慢吞吞出来。当时我很生气,在路上忍不住说了她几句。我说外面这么冷,你就忍心让妈妈在外面冻着,再说你这慢吞吞的毛病也不好,你要养成利索、快捷的好习惯,这对你将来有好处。女儿很不耐烦,说我太过啰唆,还委屈地哭了。看到女儿难过的样子,我心里也不好受,躺在床上翻来覆去,怎么也睡不着,想找她好好谈谈,又怕影响她休息,无奈,只好以这种方式给她写了这封信,希望女儿看后能理解妈妈的苦心——

　　琦儿:

　　　　昨夜,我辗转难眠,心似有重锤敲击,眼前总是浮现你流泪的样子……琦儿,妈妈的心好痛!以至我敲键盘的手很沉重,竟然颤抖不已。我不得不承认,作为母亲我很失败,我没有能力让我的女儿听话、快乐!琦儿,你或许不知,自从有了你,我的心不再感到孤独,因为我的心始终装着你,你是上帝赐予我的恩惠,拥有了你,我便拥有了一切。真的!我和你爸爸真的很满足,也很幸福,我们为有你这样的女儿而感到骄傲、快乐。你真的为我们的生活增添了不少乐趣。可是，随着你慢慢地长大，我俩之间的矛盾也越来越多。或许，你有自己的思想和看法，你想按照自己的方式去学习，去生活，按照自己的意愿去设计自己的未来，独立走自己的人生路。我能理解。可是，作为女儿，你能理解妈妈的心情吗？我一生最大的愿望，就是你一辈子快乐、幸福，我想让你成为品学兼优，德、智、体全面发展的孩子，但我更想让你生活得快乐。琦儿，你还小，你不了解这个社会，当今社会是个竞争尤为激烈的社会，优胜劣汰，适者生存！鉴于此，我不想让它过早成为你的心理负担。然而，现实却摆在你面前，你无法不面对它！初三阶段犹如你人生的分水岭：好之，汇入大江大河，波涛汹涌，奔流不息；反之，则干涸、自灭。你正面对人生的十字路口，错一步，将悔恨终生。所以在这非常时期，妈妈对你的关心和爱，在你看来却变成了唠叨和负担，你无法承受这份沉重的爱，是吗，琦儿？倘若如此，妈妈在此真诚地对你说声："对不起。"

琦儿：你正值花样年华，也正是求知最佳的时期，记忆力最旺盛的时期，所以，不管学什么，只要你刻苦、认真去学，没有学不会的。至此，妈妈还是希望你把精力主要放在学习上，以至于将来回过头来回顾自己的过去时，你可以自豪地说：我无愧于自己，无愧于人生！

琦儿：不要嫌弃妈妈的唠叨，其实，妈妈的唠叨也是世界上最深沉的母爱！或许，在你看来这太过沉重，使你喘不过气来。琦儿，你要记住，妈妈不管做什么，都是基于对你的爱和关心,你要理解妈妈。难道你没看出来吗,我一直都在试图改变自己,我不仅想做个好妈妈,更想做你的好朋友,能接受我成为你的好朋友吗,我的琦儿?

啰啰唆唆说了这么多,也不知你喜欢不喜欢,但最后我还是要说,中考、高考犹如人生的独木桥,千军万马都想过,你是能从容渡过,还是被挤下掉进河里,这就要看你是否真诚付出。

最后,我想说的是,我希望你永远快乐、健康!你永远是我生命中的美丽!

永远爱你的妈妈

送水杯记

今天,丁酉年正月二十。

上午阳光明媚,这是女儿回家后最温暖的一天,但是,女儿却要返校。她早已收拾好东西,路上喝的柠檬水也提前泡好。我知道,其实她是舍不得走的,原定是正月十六走,为了在家多陪陪我,就推迟了几天。昨晚就定好今天上午九点半准时从家里出发前往武汉,走的时候,女儿情绪有些低落,我也不忍心。

大约十多分钟后,我忽然发现茶几上依然冒着热气的水杯,心里咯噔一下,糟了,女儿的水杯忘拿了。母亲和姐姐都说算了吧,让她在车上买水喝,再说,往返的加油钱比一个杯子还贵呢,划不来的,母亲说。我说,不是钱的事。随即就在心里估算,从家到高速口大约五公里,应该走得不远。忙致电,司机说,已上高速。我问能否掉头,他说,需到第二个收费站,再往前十八公里处方可掉头,恐误了车次,还是算了吧。我有些犹豫,想到从不喝冷水的女儿,在车上五个多小时的路程,渴了怎么办?眼前立刻闪现女儿失望的眼神,毫不犹豫,便立即和司机商量让他在第二个收费站等我。

来不及换衣服,拿上车钥匙就走,上了高速才发现,我一没带钱,二没带驾照和行车证,怎么办？我惊出一身冷汗,回头已是不可能,看来,只有求老天保佑了。

不知怎么的,我越是谨慎,速度反而越快,几次超过限速的规定。唉,果真是"难偿天下儿女债,可怜天下父母心"啊。二十多分钟后就到了收费站,远远看见女儿坐的那辆车停在路边,我长长舒了口气。女儿下车拿过水杯,并递给我几百元钱。我拿了一张,说这就够了,车里还有零钱。女儿什么话也没说,表情淡淡的,我知道,那是装的。

看着女儿的车过了收费站一路奔驰,我忽然觉得很欣慰,不由心里一笑。

在等待交费时,我一直忐忑不安,突然看见前面站着一个穿警服的人,心里七上八下,像做贼似的。当车经过他面前时,我故作镇定,看也不看他便扬长而去,拉开一段距离后,我感觉身上直冒冷汗,手脚也在颤抖。约十八公里后,在乘马岗处掉头回转。交费时,我再次惊慌,又像做了一次贼。

走在回家的路上,顿感轻松,不由天马行空,神思活跃。此情此景,让我想起了清代蒋士铨的《岁暮到家》：

爱子心无尽,归家喜及辰。寒衣针线密,家信墨痕新。
见面怜清瘦,呼儿问苦辛。低徊愧人子,不敢叹风尘。

想起女儿每次回家,我都会有"爱子心无尽,归家喜及辰"这种幸福的感觉,转而再"见面怜清瘦,呼儿问苦辛"。呵呵,女儿是最怕我见面说她清瘦的,她总是害怕我让她多吃。我呢,明明看到她胖了,嘴上却说,怎么又瘦了。

一路春风荡漾,一路信马由缰,不知不觉又到了湖北与河南交界的收费站。交费时,我依然忐忑不安,像再次做了贼。

再一次顺风顺水。

想一想,今天,为了送一个水杯,抑或一杯热水,我居然冒天下之大不韪,不带钱,不带任何行驶证件,行驶在高速路上。其间,有过四次停顿、四次交费,且每次交费我都像做贼一样:忐忑、惊恐、不安、心跳加快。看来,做贼也不易啊,今天算是体验了一把,尽管有些刺激,但今天所为以后断然不可发生。

一路畅通无阻,真是快意。

或许,我脸上写有守法、守规则的字;或许,一看我就是个好人;再或许,是老天一直在庇佑我。呵呵,开个玩笑。

想一想,在湖北境内,交警倘若对外来车辆进行抽查(在河南与湖北交界处,湖北经常对外来车辆检查),我非常不幸撞上了的话,那真是悲催。

想一想,便到了家门口。看表,走了近百里,时间,近八十分钟。

母亲说,真是少有这样的,雪琦将来一定会好好报答你。我说,慈母爱子,非为报也。

家有考生(系列)

之一

光阴似箭,日月如梭,也就是忽然而已,女儿就进入了高三,到了高考的复习阶段。现在离高考只有几个月的时间,我除了暗暗地给女儿加油别无他法。我唯一能做的就是在她身后默默地关注她,并记录下她在考前这段时间所走过的紧张和艰辛的日子,等女儿如愿拿到大学录取通知书,我会把这段岁月的记录作为最珍贵的礼物送给她。

此时,万籁俱寂。窗外,寒风凛冽,呼啸的冷风将窗玻璃拍打的嘶嘶作响。女儿在她的房间看书,我静静地坐在电脑前,无神地看着闪烁的荧屏发呆。此时此刻,思绪纷乱,我欲理出头绪,却剪不断理还乱,心中的万千感慨却不知从何说起。索性起身走到窗前,不知何时,窗外已飘起了雪花,那飞舞的雪花似记忆的小船,在这个寒冷的冬夜把我带进了过去的时光……

也是在这样一个飘着雪花的冬季,女儿降临了,那个冬天特别寒冷,那场大雪持续了十几天。每天,我都会抱着她站在窗前,看着外面飘舞的雪花,皑皑白雪把世界装扮得如此美丽,放眼望去真是一个纯净的世界。看着那灵动的雪花,我就会给她讲关于白雪的故事,那个寒冷的冬季因为有了女儿的陪伴而温暖。时常,看着她白里透红的小脸蛋儿,她甜甜的笑脸,她在我怀里安详熟睡时可爱的小模样,我的心都醉了。是女儿让我觉得自己是这个世界上最幸福的女人、最幸福的妈妈。我暗暗发誓,一定要让女儿快乐、幸福,一定要给女儿一个美好的人生,我坚信女儿也一定会有美好的人生。

女儿的成长让我觉得世界的美好。在快乐、幸福的伴随中,我忽视了现实的残酷和艰辛,我以为所有的一切我都可以为女儿去承担、去面对,我甚至忘了将来女儿要独自去面对这个世界。所以我对女儿的教育极度宽松,只要她不愿意做的,我都一味地迁就、顺从,尽管有时候我是不得已为之(女儿从小在姥姥家长大,宠爱、维护她的人太多,她很清楚她在众多大人心中的分量,所以,每当我对她稍加严厉,她就会哭诉地寻求保护,而这招总会有奇效)。

女儿就是在这样的环境中长大的。尽管她专宠,刁蛮,唯我独尊,但女儿却很诚实,善良,有爱心。从幼儿园、小学、初中,女儿各方面一直很优秀,直到上了高中,尤其是高三,由于课程的加重,来自学习的压力才开始显现出来,特别是近段时间,女儿明显有些心浮气躁。看到女儿日渐消瘦的面容,我除了心疼,还能做什么呢?

原来,现实并非我想象的那么美好,我不可能为女儿承受一切,现实的不公和残酷是要她独自去面对的。就像高考,这是一条充满艰难和险恶的独木桥，也是万人拥挤的独木桥，稍有不慎就会被拥挤的人流推下河里。虽说高考不是人生的唯一出路，却是他们通向成功步入辉煌的人生阶梯。

现在回过头来看，我总想着为她创造一个好的条件和优越的环境，却没有教会她从小就养成如何面对困难、挫折以及吃苦耐劳、坚忍不拔的好品质。所以，面对今天学习上的压力和紧张，女儿明显不适应，成绩也退步了。这次，市里组织的第一次大考，女儿只考了501分，距离本省去年的重点线相差了几十分，看到这样的成绩，女儿的情绪很低落，有些自暴自弃。面对女儿的变化，我除了痛在心里，除了不断地安慰和鼓励，真的是一筹莫展。从未经历过困难和挫折的女儿啊，该如何面对人生的第一次考验呢？女儿啊，妈妈相信你，你一定可以独自勇敢地面对的，你永远都是妈妈的骄傲！永远都是我生命中的美丽。

之二

这样的心情，这样的文字，是我极不愿的。可我依然要写，不为作文，只为让你记住：2010年的冬至，那个阳光灿烂的中午，发生在你我之间的事情。

上午，阳光慵懒地透过向南的玻璃照射进来，我坐在窗前，尽情享受温暖的爱抚，极目远望，目光停留在你就读的学校。想到你此时正坐在教室里，或神情专注，或埋头写字，或正在回答老师的提问，或与同学在操场嬉戏，或与我般正在享受阳光赐予的温暖，种种猜测和想象竟让我忍不住会心一笑。整个上午，我的心

情如阳光般灿烂、明朗。

　　虽说今天是冬至，可天气并没有随节气的变化降温，我的心情始终是那么愉悦，没想到，你的回家却让我的心情变得寒冷。

　　金色的阳光温暖地洒在饭桌上，几盘你喜欢的小菜也在静静地等着你回家，谁承想你回家一推开门，空气骤然凝固，一股寒气迎面朝我袭来。果然，你脸上挂满了霜，眼含怨意，进门就将书包狠狠地摔在地上，一脚踢开你面前的凳子，脱口而出："你们真是多管闲事，你们耽误了我的前途，我以后的事不用你管，随我自生自灭好了……"言毕，眼泪夺眶而出，随即砰的一声，把自己锁进了卧室，号啕大哭。

　　其实，我预感到近日必会爆发一场战争，但没料到战争来得如此迅猛。从各大高校自主招生网上报名开始，因为你与我们意见不合，矛盾已显现，对抗已暗流涌动。或许是你潜在的逆反心理，造成了与我们的对立，只要是我和你爸爸提出的城市和院校你都不屑一顾，而我们不喜欢的城市和院校你却坚持己见（我知道你是故意的）。最后，我们商量的结果是综合双方的意见，共同锁定了几所作为参考，达成共识后即开始网上报名。

　　为了不耽误你的时间，关于自主招生的所有的材料都是我帮你打印、填报。你一点儿都不配合，对我的努力你毫不领情，还说我多此一举，自作自受。那几日，你对我不理不睬，冷言冷语。或许，你的压力太大，需要找一个宣泄的出口。琦儿，如果你觉得放松、好受，我愿意是你引擎的导火索，只是，将来当你面对诸多的困难和压力时，谁愿意成为你引擎的导火索呢？想到这里，我的心隐隐作痛。

你的冷漠让我很难过,我不知如何是好,无奈,我只有在诗歌里放纵自己,写下了——

所有的付出
成了一把利剑
转身
刺透我的胸膛
顷刻间
肝肠寸断　地动山摇

真的是作茧自缚
你决绝的话
让我的心千疮百孔
瞬间似黑幕笼罩
看不到色彩和亮光

一次又一次
我的骄傲　自尊
如你手中的物件
在不经意间
被你　无情地丢弃

为什么?
伤我最深的　却是

最爱的你!

这种感觉　痛彻心扉

却又如此　不可言喻

我知道　你的伤害　是

无意的　不加提防的

可是　爱就像美丽的花瓶

轻轻触碰　就会

碎片满地　无从拾起

　　　　　　　　——《不可言喻的痛》

你决堤的情感波涛

似迅急的伤感寒流

猛烈将我推入冰海

几欲浮沉　差点上不了岸

在呼啸的冰海

我无力挣扎　几乎窒息

任凭冰冷的海水

无情地把我淹没

我知道　你压抑的情感

需要一个宣泄的出口

纵然我是你引擎的导火索
为了你　我愿意燃烧自己

只是　你要记得
我也是肉胎凡身
也有尘世的虚荣和自尊
需要爱的温情和滋润

你更要记得　今生今世
唯一爱你　不求回报的
依然是你的娘亲
亲亲的娘亲

——《情感的决堤》

说来好笑,作为一个母亲,却跟自己的女儿计较,在女儿面前无病呻吟,故作脆弱和矫情之态,真是惭愧,尤其在这种时候。琦儿,对不起了。

之三

"林花谢了春红,太匆匆……"这句话确实有些落寞、伤感的味道,南唐李后主除了借此抒发伤春惜春的感慨外,同时还抒发了对时光匆匆、转瞬即逝的无奈和痛楚之情。

滋养

真的如此。时光如白驹过隙忽然而已，转眼之间到了2010年元旦。从女儿进入高三以来，学校基本没放过假，更别说正常的礼拜天了。这次元旦学校竟放了两天假，我原本想让女儿好好地休息两天，可来自学校的信息又让我的心绷得紧紧的（学校让家长在假期这两天督促学生在家好好复习），心里又不敢有丝毫的懈怠。所以元旦这天，女儿一直睡到中午近十二点起床，中间我叫了她一次未果，只好由她。吃罢饭以后，她又坐在取暖器旁看电视，丝毫没有打算看书的意思。这时，我有些按捺不住了，但我仍然压住火气轻轻嘀咕：理想不是建立在语言上，是要付出行动的。或许是我这句话刺激了她，抑或是别的，女儿突然大声说：你烦不烦啊，我的事不要你管，并一脚把面前的取暖器踢翻了，被踢翻的取暖器刚好碰到了我的膝盖，女儿突然的歇斯底里让我猝不及防。这时，一股钻心的疼痛让我的脸扭曲了一下，心中的怒火一下子迸发出来，我举起手在她的后背打了一下，女儿一动不动，任由我的拳头落在身上。这时，我看见眼泪顺着女儿的脸颊流了下来，我的心猛然一颤抖，霎时，我的眼泪夺眶而出，女儿也是泪眼婆娑，她含怨地看着我，默默无语。

就这样，我们默默相看泪眼，竟无语凝噎。许久，我猛然醒悟过来，随即一把将女儿紧紧搂在怀里，这时，女儿终于大声地痛哭起来。此时此刻，任何语言都显得是那么多余，那么苍白、无力——

　　那个取暖的电器被你一脚踢翻
　　滚了几下撞在我的膝盖上

168

我手抚疼痛的膝盖

怒目圆睁地看着你

你歇斯底里的狂叫

让我惊呆了

竟然合不上张开的嘴

世界骤然安静

静得能听见你的心跳

那青春的　却是沉重的心跳

我的眼泪夺眶而出

像个柔弱的孩子

此时　我竟然忘记了

自己是一个

母亲

有些时候

在孩子面前

母亲也很脆弱。

是啊,很多时候,我们做家长的只考虑自己的想法而忽略了孩子的感受,忽略了孩子的心理承受能力。所以,有的时候,请允许孩子在母亲面前发泄,哪怕是歇斯底里的;同样,做母亲的也可以在孩子面前表现她的脆弱。

高考——这个人生的重大关口,不仅仅是对孩子的一次考验,同时也是对家长的一次心理考验。

之四

日历被一页一页地撕去,天气也越来越冷,在这异常寒冷的季节,女儿依然是披星戴月,迎风冒雪(不过女儿是坐在车厢里)。

说实话,自那次大考以后,女儿的学习态度较原来有了很大的改变,也肯吃苦、努力了,我是看在眼里,喜在心头。自元旦那场冲突以后,女儿和我的感情简直是一个质的飞跃,过去的隔阂和相互的不理解烟消云散,我们之间甚至已经没有了代沟,现在我俩是无话不谈的好朋友。学校的趣闻逸事,以及同学、老师之间发生了什么事情,女儿都会讲给我听。有时,遇到疑难问题我也会虚心地向女儿讨教,女儿也毫不客气地摆出老师的样子认真讲解。一般情况下,我所提出的问题大多是与文学有关的,比如一首诗或词的作者是谁?或是某首诗、词的其中一句是什么?我发现女儿远比我想象的要知道得多,对一篇文章的理解和感悟也超乎我的想象,我很高兴在对诗词的兴趣爱好上我俩惊人地相似。说实话,我真的好想和女儿一起探讨诗词以及其他的问题,但现实不容许我这样做,时间对女儿来说太宝贵了。

这几天,她爸爸出差不在家,晚上睡觉的时候,女儿捧着枕头,执意要跟我睡。我不同意:这样我俩都休息不好。她耍赖皮,撒娇地说:我不管,我就想跟你睡,再说,我们在一起相处的时间越来越少了,你还不珍惜啊,我可不想放过这难得的机会。

这小丫头,还振振有词呢。

晚上,女儿依旧要复习一会儿。我呢,就坐在床上边看书,边等她,在她没有安静地躺下之前,我是断不敢睡的。许多年以来,我一直饱受失眠的折磨,每次都是在家人全部安睡以后,在非常安静的情况下,我才能睡着。否则,我会整晚难眠的。

当女儿钻进我被窝的时候,夜已经很深了。在女儿掀开被子的刹那,似有一股刺骨的寒风随之袭来。我紧紧搂着女儿冰凉的身体开玩笑地说:都说女儿是妈妈贴心的小棉袄,你哪里是我的小棉袄啊,简直就是一个冰坨子,来吧,让妈妈温暖的怀抱来融化你这冷冷的冰坨子吧。女儿也高兴地说:妈妈,你的怀抱好温暖,我好幸福啊。但只一会儿,女儿就进入了梦乡。

此时,万籁俱寂。我一点睡意也没有,我端详着怀里的女儿,柔和的灯光下,看着女儿那张稚嫩的略带疲倦的脸,一股幸福而又复杂的感情涌上心头。我低下头,想亲吻她,这时,她翻了翻身,将后背留给了我,莫名其妙的一丝伤感和失落在我心头闪过。我写下了——

柔和的灯光下　映着

一张年轻　稚气的

让人内心柔软的脸

我心动地想揽你入怀

像小时候那样

可我的怀抱已装不下

日渐长大的你

酣睡的你呼吸流畅

舒展的眉头有笑意荡漾

我幸福地　美美地看着

就像欣赏一幅绝美的画

情不自禁地我低下了头

想在你脸上亲吻

你一个侧身　将

后背留给了我

莫名其妙地

一丝伤感蔓延开来

那怅然若失的感觉

让我的心隐隐作痛

今夜　我仍然可以

可以　为你遮风挡雨

将来呢

将来　你是否可以　为自己

撑起一片天。

次日早晨五点半，我准时叫醒了女儿。说实话，别说是孩子，就连大人也不愿意起来啊。在这样寒冷的冬季，谁愿意离开温暖的被窝呢？我真的有些不忍心，却没有办法。女儿在我的连哄带拉下，虽然睡眼蒙眬，可最终还是起来了。在她梳洗的片刻，我早已为她准备好了一切。送她的路上，天还没亮，雪花在空中正飘飘洒洒，纷纷扬扬，洁白的雪花铺满了一地，覆盖在薄薄的冰上，天地上下一色，此景甚是壮观。可我全没有赏景的兴致，小心翼翼，慢慢驾驶。车缓缓地前行，经过大桥的时候，凌厉的寒风将车窗玻璃吹得呼呼作响。路上，除了学生，没有其他的行人。看着那些骑单车和步行的学生，我忍不住有些难过，轻轻地、自言自语地说：这么冷的天，上学的孩子真苦啊。女儿"嗯"了一声，算是回应了我。

送女儿去学校后回到家，天刚刚泛白，我继续钻进了暖暖的被窝。此时，我却没有了睡意，路上的情景又让我浮想联翩，眼前总是晃动着那些在黑暗中迎风冒雪奋力往学校赶的孩子。我在想，中国目前的这种高考制度和教育模式是否有利于孩子的身心成长？繁重而又紧张的学习让孩子长期睡眠不足，他们长年累月地处于疲惫的状态。在他们的心里，学习的唯一目的就是为了高考，他们根本来不及考虑高考以后的路该怎么走，我甚至怀疑：这些孩子将来有信心和能力去面对更为艰难和复杂的人生吗？想到此，一丝痛惜和担忧袭上心头，对女儿的怜爱和心疼甚至让我一度想放弃让女儿参加高考。不过，也只是在瞬间，我为自己愚蠢的想法感到惭愧。值得安慰的是，作为家长，我和她爸爸没有给她施加压力。相反，我们一直在化解来自学校和女儿自身的压力。在这点上，女儿也做得不错，她一直保持着乐观、向上的心态。

但愿女儿能永远保持这种良好的状态，不管是高考，还是以后的人生。

之五

时间的脚步依然是那么从容，它不会因世事的变迁、人的心

理变化而放慢速度。高考真的已渐行渐近了。

这些日子，先生总是出差在外，接送女儿自然就由我一人承担，好在白天有姐姐帮我，我也不怎么紧张，只是，天气越来越寒冷，雪花也一直飘洒不止，行路越发艰难，路上时有交通事故发生，不过，我的驾车技术还行，慢慢行驶也无大碍。

早晨，我仍然是五点半叫醒女儿，当车行驶在路上的时候，天空依然被黑幕笼罩。天气异常寒冷，可谓滴水成冰啊。车行至红绿灯前方拐角处，昏黄的路灯下，有一个人站在路边的垃圾桶旁。近之，才看清是一个消瘦的老头，身上的黄马甲和旁边的扫帚、灰斗表明了他环卫工人身份。他衣着单薄、破旧，为了抵御寒冷，不时地跺脚。这情景让我不免一阵辛酸，我气愤地说："这些做儿女的，怎么忍心让年迈的父亲天不亮就出来在寒风中挨冻，真是不孝。"女儿也很气愤地说："就是啊，天下哪有这样的儿女。"一直到学校门口，我和女儿都没有再说一句话，刚才的情景让我们的心很沉重。回来的时候，那位老人依然在。

整个上午，我一直在想那位老人的事：或许是他家里生活特别困难？或许是他无儿无女？或许是老伴卧病在床无钱医治？或许是……我找不出更好的答案。由此，我想到了这应该是一个国家的保障制度问题。按理说，像他这样的年龄是不应该再出来工作的，即便是他没有退休养老金，他的儿女也应该负担他的生活。如果他真的是一个孤寡老人，他应该到养老院由国家给他养老，如果是别的什么原因，他也可以享受国家最低生活保障金的，即便是他真的被生活所迫，央求环保部门给的这份工作（有很多的环卫工人都是临时的），那环保部门也应该拒绝。

其实,我真的不是在这里悲天悯人,我只是感到很气愤,很心酸,为那位在寒冷的早晨依然瑟瑟发抖扫大街的老人。

中午在饭桌上,女儿又问起我早晨那位老人的事,我说回来的时候我又看见他了。女儿一直愤愤不平,不停地说好可怜,说的时候还流泪了。

晚上,女儿和我聊天时说:妈妈,等将来我有了钱,我一定会办个收容所,把那些流浪的、要饭的、生活困难的人都收容起来,尤其是老年人,还包括那些在街上流浪的小动物。女儿的话着实让我吃惊,似一股暖流缓缓地流淌在心田。霎时,这股柔柔的暖意在那个寒冷的冬夜,犹如冬日暖阳温暖着我,感动着我。都说21世纪90年代出生的孩子是这个世纪的新新人类,没有爱心、自私专宠、唯我独尊、不会关心人,可通过这件事改变了我的看法,女儿身上所表现出的那种善良和爱心真的让我好欣慰,好感动。

在此,我祝愿女儿将来一定能实现这个美好的愿望,我坚信。

之六

"逝者如斯夫,不舍昼夜。"时光真的似箭如梭。转眼,市里组织的第二次大考又临近了。不管是学校还是学生,都压着一口气和憋着一股劲儿,但更多的还是忐忑不安。

没想到,学校却接连发生了两起高三女学生自杀事件,这无疑给承受巨大压力的学生们又一次更加沉重的打击。第一个自杀的女生是在分校,女儿只是听说而已,并没有亲眼看到。而这次,女儿亲眼看到了,那个女生的尸体孤独、冷冷地躺在地上,女

儿觉得好痛心、好残酷。

中午,天气格外地好,是这个寒冷的冬季少有的好天气。丽日当空,万里无云。我一扫往日的阴霾,心情舒爽,车里的温度被阳光辐射得温暖、舒适,我愉快地等着女儿放学。下课铃响了好一会儿,才见女儿低头、垂眉,慢腾腾地走出校门,脸上的表情沉重、忧郁。见此,我心里不由咯噔一下,猛然一下子紧张起来。女儿上车以后一句话也不说,沉默了一会儿,我终于忍不住问她怎么了,有什么不开心的事?这时,女儿才轻轻地告诉我,学校一个高三的女生昨晚跳楼自杀了,并说那个女生的家里很可怜,是个养女,从农村来的。她的养父、养母年龄很大,养父又有病,家里供不起她上学,她感到绝望和自卑,就不想活了。其实,她的成绩很好,长得也好,这个女生从小就是个弃婴,几经转折才被这对没有孩子的老夫妻收养。说到这里,女儿忍不住失声痛哭起来。听到此,我也忍不住一阵心酸,眼泪顺着脸颊悄悄地流了下来。

吃罢饭,我叫住了欲上楼去书房的女儿,我觉得这件事会影响到女儿的心情,所以,有必要在今天把这件事更深入地讨论一下。"你怎么看待这个女生的死?我想听听你的看法。"我问女儿这句话时,突然感到一股悲凉的情绪涌上心头,语调也禁不住有些急促。"今天我不想讨论这个话题,我去休息了。"女儿拒绝了我的问话。

整个下午,此事一直在我的心头纠结,我很痛惜这个女生如此不尊重自己,不尊重生命。或许她有难言的苦衷,但再大的不幸同生命相比又算得了什么呢?

晚自习回家的路上,我感觉女儿的心情比上午要好些,就把上午的问题重新提起,没想到女儿爽快地回答了我。女儿说:"那个女生的死,尽管我很惋惜,也觉得可怜,但我却坚决反对她的做法,她这是懦弱的表现,有什么解决不了的事呢?她没想想她死以后,她的养父母怎么办!她死了一了百了,可她的养父母年纪那么大了,将来靠谁啊,她的养父母好可怜。"说到这儿,女儿的声音有些哽咽。"或许是她的压力太大,加之家里经济拮据供不起她上学,悲观绝望的情况下,她选择了轻生。"我故意这么说,想看看女儿的反应。"压力肯定是有的,困难我也承认,但再难也不至于去死啊,这是大不孝,要想想父母把她养这么大多不容易啊,再说国家不是有贷款助学嘛,有什么过不去的坎呢?我最看不起那些经常把死或不想活放在嘴边的人,这是懦夫的表现。"

女儿的一席话,在那个寒冷的冬夜,像一炉熊熊燃烧的炭火,照亮了我,温暖了我。那一刻,我实实在在地感觉到陪伴女儿长大的快乐和人生的美好。

之七

又是阳春三月天,草长莺飞柳如烟。转眼又到了杨柳拂堤的三月了。

今天,天气格外晴朗,为了不辜负大自然赐予的美好时光,我们几个同学相约去城郊的农家餐馆小聚。一路上,春风习习,阳光灿烂,空气很新鲜,像刚挤下的牛奶,天空一碧如洗。车子行驶在两面环山的公路上,一阵阵随风飘荡的清香扑面而来,让人心旷神怡,好不惬意。

席间,我们几个同学商量着自驾去江西婺源看油菜花,计划来回五天。这个计划让我很振奋,在此之前,我曾给女儿讲过想出去走走,去年的冬天太漫长,简直压抑得太久,面对自然的旖旎风光,我又忍不住春心荡漾,女儿也表示赞同。今天,同学的提议怎不让我激动呢。我们商议六个人,两辆车自备相机,另外再带架摄像机,后天上午八点准时出发。那天我们一直玩到晚上近八点才回家,那是几个月以来,我第一次给自己彻底地放了一天假。

晚上,女儿自习回家后我告诉了她我的计划,女儿没有异议,并让我放心去玩,不用担心她。先生开始有点犹豫,主要是担心他单位有事,怕是要临时出差什么的。第二天,先生单位果然有事去郑州。下午的时候,先生打电话告诉我,让我把家里安排好,他争取明天上午十二点之前赶回来,让我放心地出去玩,并再三嘱咐我路上要注意安全。至此,我悬着的一颗心总算落了地。

晚上看电视的时候,我无心观看电视画面,脑海里总是闪现着婺源的美丽景色和与同学们在一起的欢乐场面。这时,突然想到了去年十二月初我应驻马店朋友之邀去她家小住几天,一天晚上女儿给我打电话说:妈妈不在家,我觉得好没意思。我说那我明天回家吧,见我如此说,女儿连忙懂事地说:我没事的,你放心在阿姨家玩吧。女儿略带犹豫的声音还是让我第二天赶回了家。此时,上次的情景在此刻让我的心里起了波澜。

按理说,我现在是不宜出去旅游的,因为离女儿高考的日期很近了,还剩不到三个月时间。可婺源那美丽的景色对我的诱惑实在太大,那一望无际的、金灿灿的油菜花,太养眼了。不过,话说回来,如果我真的走了也没什么,住在隔壁的姐姐会帮我打理好一切的,平时我在家的时候也都是姐姐帮我做这做那的。再说,她爸爸也会细心地照顾她,我根本不需要有什么顾虑,我在家也不会帮到女儿什么。

可是,我怕我这一走,会影响女儿的心情,我怕女儿回到家看不到我而郁郁寡欢,我怕……更重要的是:女儿一旦考上大学,我们母女在一起相处的时间会越来越少,我应该好好珍惜和女儿在一起的日子,我应该好好陪她走完高考这段紧张而又艰辛的特殊日子,等到将来不致遗憾和后悔。再说,出去旅游的机会有的是,何苦在乎这一时呢?

想到这里,我顿感释然,心里猛然轻松了许多,我立即给同学打电话告诉了我的决定,同学气得说我是变色龙,已经定好了的事,怎么说变就变呢? 我说刚好一辆车就可以了,还可以节省开支呢。同学见无法说服我,只好同意了。

晚上在接女儿回家的路上,女儿问我准备得怎么样了,明天什么时候走? 我告诉女儿不去了,女儿大吃一惊。是啊,一个冬天的漫长等待和守候,只为那枝头泛起的嫩绿,只为那杨柳垂岸的袅娜,只为那暗香袭人的花蕊,只为那姹紫嫣红的时节,只为把自己融入自然,拥抱春天的美好光景……这一切,女儿了然于心。

沉默了一会,女儿轻轻地说:"妈妈,您不该顾忌太多的,您应该做自己想做的事情。"我说:"你也不要想太多了,出去旅游的机会有的是啊,再美的风景也抵不过你在我心里的美。"我轻松调侃道。"那,等高考以后,我每年都陪妈妈出去旅游,想去哪儿就去哪儿。"女儿动情地说。"傻丫头啊,你才是妈妈心中最美好的春天呢。"我在心中美美地想着。

之八

晚十点左右,我正在洗手间刷牙,女儿进来说:妈妈,我真的很烦,我不想学了,这样下去我受不了。女儿的声音低沉,充满着怨气和无奈。我听了心里猛地一哆嗦,随即轻声地说:不想学就别学了,早点休息吧。女儿没有回答我的话,径自去了自己的房间。女儿的举动让我觉得有些异样,我立即停止洗漱去了女儿卧室。只见女儿趴在床上,我叫了两声她不语,我欲搂她,开始她还做抵抗状,我愈发感到不妙,就轻轻地拉她。果然如我所料,女儿哭了,晶莹的泪珠挂在脸颊,看到她那楚楚可怜的小模样,我的心都碎了。我强忍着不让眼泪往下流,顺势紧紧地把她抱在怀里,女儿在我怀里伤心地抽泣。我没有出声,就这样默默地搂着她,像搂着一只受到惊吓的小鹿。好一会儿,女儿才停止哭泣。我轻轻地替她擦干了眼泪,并柔声地说:早点睡吧,什么都不要想。

回到自己的卧室,我终于忍不住泪流满面。女儿啊,看到你每天这样辛苦地学习,我真的替你难过,我何尝不想你有个轻松、快乐的假期呢?可是,你生在河南,作为河南的考生,你就得毫无理由地接受悬在你头上的那些不公平的待遇。面对这样一个人口多、高校少、考题难、分数高的大省,作为家长,面对你不能承受的重负,我除了心疼、无奈,还能有什么办法呢?我可怜的孩子,作为河南考生,你只有付出比别省考生更多的努力,除此,别无他法啊。

这是个四月芬芳的美好之夜,柔和的月光透过薄薄的窗纱倾泻进来,月光好美。而此时,女儿的眼泪却像刺骨的寒风,冷冷地穿透我的胸膛,瑟瑟发抖的我,除了心的疼痛,还感到有殷殷的血向外流淌。

之九

四月三十日下午五点半,女儿放学回家,她本应该提前一个小时到家的。"不是四点多放学吗,怎么才回来呢?"我轻声地问女儿。"放学以后,我们几个同学坐在教室里聊天了。""哦,都聊些什么呢? 一定是关于高考和将来的吧。""也有,不全是,总之很多话题。"女儿似乎不想说。看得出,她心里装着很多的东西,这些东西让她太年轻的心灵过早地承受了压力和痛苦,而根源,主要是来自高考。"妈妈,我们这代人根本没有你们那代人的激情,对将来一点儿都不抱幻想。"女儿突然冒出的这句话,让我大吃一惊。"怎么会有这种想法呢,世界将来就是你们的,年轻就是最大的资本,最起码不能让自己的青春年华虚度吧。"我一时找不出更好的语言。女儿沉默不语。过了一会儿,女儿说:"妈妈,我和同学今天聊到你了,我同学说你将来一定很依赖我。""哦。"我顿时好奇,"你怎么说呢?""我说是的,我妈妈将来肯定依赖我,因为在她的心里,我就是她的全部。我妈妈是一个很单纯的人,我不仅要爱她,更要疼惜她,保护她……"

女儿的话一下子让我感觉到自己的柔弱,眼泪也忍不住地流了下来。"不至于吧,你也太脆弱了!"女儿故意打趣道。是啊,我是一个母亲,我怎么能够在女儿面前表现自己的柔弱呢?"你的话让我很感动,你有这份心意就足够了,妈妈不需要你的保护,你的快乐和幸福就是妈妈最大的满足。"我一把搂住女儿。

其实,女儿的话让我喜忧参半,喜的是,女儿终于长大了,而她长大的愿望就是想充当我的保护神,疼惜我、爱我;忧的是,难道我真的那么柔弱吗,柔弱到居然要女儿来保护我。或许女儿不是那个意思,她只是想尽一个女儿最大的努力,让自己的妈妈快乐、幸福。但不管怎样,在那个夕阳无限美好的傍晚,女儿的话犹如跳动的火苗在我的心里腾腾地燃烧、跳跃,这燃烧的火苗让我在顷刻间感到无比快乐、幸福和晕眩。

女儿啊,你不仅是我血肉相连的女儿,更是我人生道路上的小知己。

此生有你足矣。

之十

梦里情怀当少年。这是多么地富有诗意和充满豪情。

诸君千万不要误会,此文少年绝非我也。而我也早已过了做梦的年纪,尽管我一直有梦,但梦早已在岁月的流逝中,在人生浮沉的感悟中,在酸甜苦辣的浸泡中渐行渐远……

1

梦里情怀当少年。此文要表的是我正读高三的女儿。

中午吃饭的时候和女儿一起闲聊,谈及朋友、知音、知己话题,女儿问我是否有知己。我问她所理解的知己是怎样的,女儿说首先要品行高雅,彼此敞开心扉,坦诚相待,最重要的是一定要懂彼此。女儿的话让我沉思,片刻,立时熟悉的面孔在脑海浮现,我点点头,肯定地说,我有。女儿一脸羡慕,由衷地说:你真幸福。我反问她:难道你不是吗？你不是一直要做我的知己吗？女儿露出笑脸,随即又面带忧郁(略微)感叹自己的性格不好,说将来会影响发展。我深究,女儿道出实情。女儿说,她觉得没有任何人可以走进她的内心,她也知道"道不同不相为谋",但她觉得自己内心有些孤独。我安慰她说,你渴望朋友和真诚友谊,这是好事,可你想过没有,其实学习本身就是一条寂寞、孤独的路,知识积累首先要耐得住寂寞、孤独。你现在正面临高考,与人交往要付出时间和精力,将来的路很长。等到了大学,会遇到各种出类拔萃的人,只要你敞开心扉、坦诚以待,你肯定会有好朋友或知己的。有句话说得好:海内存知己,天涯若比邻。女儿有些释然,但只一会儿又面带疑虑:那岂不要浪费时间和精力,影响学业。我说:不刻意为之,顺其自然,朋友或知己是悄然走进双方内心世界的,不需要天天相处,日日相见。她是夏日清凉的风,是冬日的暖阳,是一股清澈的、缓缓流淌的溪流,在不经意间滋润心田。

阴郁在女儿的脸上慢慢消失,看到女儿阳光般灿烂的笑脸,一丝绸缎般的柔软和幸福溢满了心房,我们的谈话在这种愉悦的氛围中继续着。话题又转到了君子和小人,女儿引用了孔子《论语》中"君子和而不同,小人同而不和"这句话,我问女儿如何理解"和而不同,同而不和"。女儿说,"和而不同"是独立思考,讲求原则,"同而不和"却与之相反,人云亦云,盲目附和。我点点头,向女儿投以赞许的目光。我说,将来你走入社会,这也是你为人处世的行为准则,也是区分君子与小人的基本依据,也是衡量一个人道德修养高低的重要标准。当然,与人相处,更重要的是要心胸宽阔,和谐共处,求同存异。这样,你才会觉得生活的美好、顺心和快乐。

2

梦里情怀该是多么美好,可是,现在的孩子哪有时间做梦。高考,这座人生的独木桥,让堆积如山的书本剥夺了孩子幸福、快乐的童年、少年和青年的美好时光,而浮躁、喧嚣的社会环境又让他们一个个走入了逼仄的道路。有时,我真为80后、90后而深感痛心,尽管他们正享受着现代科技的文明,但正是这种文明,让他们过早地体会到了现实的残酷,过早地承受了生存的艰难。他们的内心孤独、苦闷、迷惘,渴望被尊重和理解。

其实,我一直心疼着,矛盾着,纠结着,每天看着女儿疲倦地走进家门,我真想让她丢弃书本,放飞自然,好好享受阳光、美景,做一个快乐、自由,不受任何约束、羁绊的人。可是,回到现实,我万般无奈,我害怕我的举措会毁了孩子的一生。我只能这么要求她:第一身体健康,第二心理健康,最后好好学习。当然,学习上也不能懈怠。做不了最好,但求尽力真正付出,过程尽量完美,将来不留遗憾和愧疚。

令我欣慰的是,女儿的身体和心理很健康,学习也尽如人意。

记得我曾调侃(也是发自肺腑)女儿,说她是我家最有学问的人,女儿诧异,难以相信,我一脸真诚,有据可依。我说:"在古代形容一个人读书多,学识渊博,便说他学富五车,知道这个成语的典故吗?""当然知道啊,这么简单的问题!"女儿一脸自信,便滔滔不绝讲解:"学富五车出自《庄子·天下》:惠施多方,其书五车。惠施是战国时代的哲学家,很有才学,道术很多,他读的书要用五辆车子拉。后来人们就用学富五车来表示对学识渊博之人的称赞。不过,那个时候的书是用竹简做成的,其实说的是五车竹简书。听完女儿的讲解,我赞许地点点头,进一步夸奖她:所以,我才说你有学问嘛。想想看,现在的一本书可以抵得上多少本竹简书啊;再说,那个时候的车也不大,马拉的木车,能有多大啊,如果把你现在读过的书装成竹简书,别说是十辆、二十辆,恐怕三十辆都有的拉啊。我说你有学问不假吧? 听此言,女儿竟有些飘飘然,见此状,我也深感惬意。

3

在此赘言,我只想说明一个问题:现在的孩子都被埋进了书山,负担沉重,苦不堪言,除了学习还是学习。作为母亲,我也期望孩子:少年心事当拿云,但我更希望孩子少年情怀都有梦,在童年的时候快乐无忧,亲近自然,融入自然;在青少年的时候,张扬个性,好好地享受生活,做自己喜欢的事,能经常在绚丽多彩的梦中乘着理想的翅膀,在湛蓝的天空翱翔。然后,甜甜地沉醉,幸福地笑醒。

可是,面对中国应试教育之现状,我的希望只能停留于幻想而不能付诸现实。试想,有谁愿意让自己的孩子被好大学拒之门外呢? 当然,我这样说并非反对孩子学习。我主张,应该让孩子快乐、轻松地学习,在获取知识、开阔视野、增长见识、提高修养、完善品格的同时,能体会到学习的乐趣,从而感受到学习是幸福、快乐的事情而非痛苦和无奈。这样,从家长到孩子在对待学习上,都会回归到理性和感性并存的态度,如此,岂不皆大欢喜?

4

诚然,我如是说,但终归还是要回归理性。学习本身就是一件寂寞、孤独、艰苦的事情,在中国尤其如此。

在此,借用唐代文人韩愈的一句治学名言互勉吧:书山有路勤为径,学海无涯苦作舟。让先哲闪光的思想和智慧激励莘莘学子,在书山之路上披荆斩棘,坚定执着;在学海无涯艰苦之舟上乘风破浪,勇往直前,最终到达理想的彼岸。

同时,我仍然希望所有的孩子能幸福、快乐地读书,在汲取知识的过程中达到一种理想的境界。

正是:学海无涯苦亦乐,梦里情怀当少年。

之十一

这是后来补记的,算是家有考生系列之最后的一篇。

转眼之间,万众瞩目的 6 月 7 号到了。这几天天气晴朗,但有些燥热,好在女儿的状态还可以,表面看来还算轻松、愉快。或许,女儿觉得,反正就这两天了,无论好坏,高考总算是熬过去了;再或许,她胜利在握,成竹在胸吧。我希望是后一种。这两天,她放弃了复习,偶尔玩玩电脑,看看电影,陪我们散散步,晚上也早早睡觉。看到此,我觉得好安心。

　　考试那两天，我负责接送女儿去考场，她爸爸负责在家调理伙食。每次接送女儿，考场外都聚满了像我一样焦急等待的父母。那两天，我的身体极度虚弱，有时站立久了，会感到一阵晕眩，但还是强打精神。唉，有什么办法，谁让我是妈妈呢！像中国式的这种高考，别说是稚嫩的孩子，就连我们这些大人都难以忍受啊（我的身体原本就弱，其实与高考无关的）。

　　考试期间，我们始终不谈与高考有关的话题，女儿呢，也不主动说，似乎故意在吊我们的胃口。直到 8 号下午全部考完，晚上我们一家去外面聚餐。饭桌上，我终于忍不住问她，她才漫不经心地说了句，还行吧。直到那一刻，我悬着的心才慢慢地落了下来。

　　分数要 6 月 25 日才出来，等待于我是漫长而又煎熬的。离 25 日还有半个多月时间，我原想带女儿出去旅游好好放松一下，其实也是借此让自己放松，这样，感觉时间会过得快些。可女儿说天气太热，不如待在家里。

　　终于到了 24 日，那天晚上，姐姐和小妹也聚集在我家，23 点左右，我就忍不住打开电脑，几次查询无果，有好几次，电脑像故意跟我作对似的，不是网址打不开，就是卡住不动。女儿却很淡定，她一再跟我解释，这个时候河南 90 多万的考生都在查分，电脑肯定会卡。再说，木已成舟，你急也没用，还是去客厅跟姨妈们聊天吧，有结果我会立马告诉你们。

　　那天晚上，等待女儿的分数，就像等待一场惊心动魄的爱情，心里怦怦乱跳，七上八下的，那情景就像席慕蓉说的"我不知道，这样我还要等多久才能看到一个答案；我不知道，如此我还能坚

滋养

持地等待多久去等一个结果?"呵呵,这个结果还要多久才能出来? 我正想着,女儿在楼上喊了一句,分数出来了。

我箭步冲到电脑前,边看边问。女儿说,总分580。我仔细看了看,一点儿没错,580分,这个成绩没有我预想的好,但不管怎样,也比本省的重点线高出几十分,我有些激动,紧紧地抱住女儿。这时,姐姐和小妹也跟着上楼了。我看她们,眼含热泪,尤其是小妹,一把将女儿搂在怀里,大声哭了起来。随后,我们四个人又抱在一起。这时,小妹提议要庆祝一下,先生连忙把珍藏多年的一瓶红酒拿了出来。

举杯的时候,女儿说,当她考完第一门从考场出来,远远望见我在人群中是那么憔悴,那么弱不禁风,当时,我的心好痛,就告诫自己,一定要考好,一定不能辜负妈妈。

女儿的一席话让我是既幸福又难过。幸福的是,女儿能体会做父母的心情;难过的是,我身体的不适给女儿带来那么大的压力。

今天,当我再次回忆那晚的情景,我仍然忍不住感动地流泪,为女儿心疼父母、理解父母的那段话。

写到此,这篇文章就要结束了,但我仍然有许多话想说,那么,就借用一句现在很时髦的话吧:陪伴是最长情的告白。当然,这句话说的是男女之间的陪伴。不过,我想说的是,感谢女儿的陪伴;感谢女儿让我陪她一起成长;感谢女儿让我陪她一起哭,一起闹,一起斗嘴,一起笑。

高考不仅让女儿变得坚强,同时,也让我变得成熟。感谢高考,感谢生活。

第三辑　拥有

自由的灵魂，健康的身体，亲情、爱情、友情，人世间最珍贵的情感总是被我细心地搁置在我内心最柔软的地方。

感动

当"感动"这两个字涌上心头的时候,一股清泉在心间流淌,顷刻,一阵暖意溢满了身心。

一

我总是被莫名的感动而感动着。记得有一天于丹在《百家讲坛》讲孔子的孝道时提及一个故事,于丹讲的时候流泪了,我也流泪了。故事说的是一棵大树与一个孩子的故事:这个孩子从蹒跚学步起就在树下玩耍,大树为其遮风挡雨,直到有一天,长成少年的孩子非常忧郁地来到了大树面前,说想要更好的玩具和书包,大树毫不犹豫地让其摘下树上的果实去换取玩具和书包,孩子欢快地走了。青年的时候,孩子又很忧伤地来到了大树面前,说要成家却没有房子,大树又是毫不犹豫地让孩子砍下他的枝丫去盖房子。过了十几年,人到中年的孩子再一次愁眉苦脸地来到了大树的面前,诉说自己的艰难,说为了养家糊口想去海外创业,可又没钱坐船,大树就说你把我的主干砍下造条船吧,就这样人到中年的孩子又乘着大树的主干去了海外。很多年过去了,当年牙牙学语的小孩已垂垂老矣,暮年的他又来到了大树的面前。此时,大树已是风烛残年,衰老不堪,可大树仍然颤巍巍地说,孩子你回来了,你还需要什么呢? 除了地下的根须,我现在一无所有了……

写到此,我已是泪流满面,我从未感到拿笔的手如此沉重,内心如此疼痛,这就是我们的父母——伟大而又无私的父母! 当他们奉献了一切而一无所有时,当他们孤独寂寞时,却没有丝毫的怨言,还会因无力帮助子女而感到难过和自责。父母——这两个神圣的字眼,此时此刻,在深深地敲击着我的心,世上有很多种爱,可又有哪一种爱能抵得上父母所付出的爱呢?《韩诗外传》曰:"树欲静而风不止,子欲养而亲不待。"这是古人皋鱼的悲痛和懊悔,今天面对风烛残年的父母,为人子女者要尽可多地去孝顺他们,陪伴他们,不要等到"子欲养而亲不待"时再后悔莫及,痛心疾首。到那时,人生之悲痛又岂是风树之悲、丧亲之痛呢? 内心的煎熬和折磨将会苦苦地伴随我们一生。

说到此,"感动"这两个字又突然在我的眼前跳动,我不得不停止思绪,让"感动"深深地铭刻在我的心里。这感动不仅仅来自父母的恩情,也源于生活。太多的感动让人感到生命是那么美好、甜蜜,她足以抵挡生命中不可承受的重负。

二

其实,生活中处处都有让人醉心的感动。前些日子,先生出差不在家,我和女儿两人每次吃饭的时候都犯难,不善烹饪的我每天都不知道做什么才合自己和女儿的胃口,加之天气炎热,所以,每次吃饭的时候都是随便糊弄几口,那些天有一顿可口的饭菜简直是我和女儿最大的奢望。终于盼到先生回来了,第二天,他就起了个大早买回了好多菜,还把我父母请来了,看到他一个人在厨房忙得汗流浃背,我突然有股莫名的感动,心怦然一动,禁不住忘情地搂着他的腰说:你真好。他却说:别在这儿添乱,去去去。

记得有次晚上我俩去散步,那是一个很美的夜晚,月色清柔,万物被笼上一层薄薄的轻纱。走在树影斑驳、人迹稀少的林荫小道上,感觉如梦似幻。那晚,我们走了好长时间,几次他都催着我回家,可我实在难舍这美好的景致和舒爽的心情,直到最后我着实走不动了才要求他背着我回家,他看四下没人,就背起了我。趴在他厚实的肩膀上,一股幸福的暖流溢满了心房,我禁不住喃喃自语:"你对我真好,我都不知道怎样对你好,将来我们老了,如果我先走,在我走之前,我一定帮你物色好一个人,不管她贫与富、美与丑,首先一定要对你好,这样,我才放心。"他听后,只轻轻地说了一句:"真是个傻女人。"但我感觉到他的身体颤抖了一下。那晚,我竟不知道自己已被深深地感动。

这感动一直陪伴我们走到今天。

三

人生难免有这样或那样的灾难、痛苦。2007 年的最后一天,一场意想不到的灾难突然降临我的身上,那天中午我和几个朋友在酒店吃饭,出餐厅时摔了一跤,这一跤却让我躺在了离家千里之外的病床上。那一年的冬天特别寒冷,可是,风雪无情人有情。躺在病床上的那几十个日日夜夜,每天,我都能感受到来自遥远地问候和祝福,亲人的悉心照料和朋友的深切关爱,在那个寒冷的季节犹如暖阳温暖了我整个冬天。

在此,我不得不提到一个人,一个总是让我心怀感动的人,一个在我郁闷烦恼时耐心听我倾诉的人,一个在我快乐时与我分享的人。想到她,一股温暖的情谊缓缓地涌上心头。

那年的风雪致使很多高速公路被封,她知道了我的事情后,和丈夫一起冒着风雪辗转数百里来医院看我。那天,是我住院以来最开心的一天,我记得她走出房门后又折回来说:来握个手,把我的力量传给你,你能快点好起来。通过掌心传递的力量和温度,我感受到了人间的真情和友爱。她走后,我随即在手机上写下了这首《感知的冬天》:

那个阴霾的冬天

寒冷成了心中永远的痛

异乡的上空白雪纷飞

细数着曼舞的雪花

哪朵是我最美的期盼?

你的到来

在我孤寂的心海泛起柔波

那柔柔的暖意

温暖了整个冬季

真想说声谢谢

可这简单的语言

怎能承载我感知的情怀

我只愿——

只愿用今生的所求

赐你一世的安康！

　　那年的冬天,疼痛和烦恼是我最深切的体会,来自亲人的关爱和朋友的情谊却是我最幸福的感动。

四

　　感动总是在不经意间悄然而至,似清风一阵飘忽到你的身旁。

　　今年五一前夕,我又一次去了洛阳,一方面是为了观赏牡丹花卉,最主要的还是为了取出腿里的内固定物。无意之中,我遇见了儿时的伙伴,我们两家是世交。三十年前,她随父母工作调动迁到了洛阳,从此之后,我们便再没联系。这次妈妈随我一起来洛阳之前,通过别人联系到了她母亲,她和她弟弟专程来宾馆接我们去她家。见到她时,我怎么也想不起她旧时的模样,可她却清楚地记得我小时的样子:我总是梳两条小辫子,头发卷卷的,身体瘦瘦的。见我的神情有些漠然,她似乎有点儿失望。我解释说,不知为啥,我总是对儿时的记忆有些模糊。见我如此说,她似乎宽慰了许多。

我手术那天,她专门请了一天假来医院陪我。她晕车很厉害,坐车之前根本不能进食。她家离医院有几十公里的路程,如果第二天坐车,头天晚上就不能吃东西,所以来医院之前她已经连续两顿没进食了。我是下午的手术,整个上午她就坐在我的床前。她非常善解人意,细心周到,让我什么也不要说,静静地躺着,只听她讲。她讲她的经历、家庭、老公、孩子。当讲到她的老公和孩子时,神情是遮掩不住的愉悦,看得出,她生活得很快乐,很幸福。

到了吃中午饭的时候,因为她下午又要坐车,所以依然不能吃东西,我感到很不安。为了我她连续几顿不能吃任何东西,只能喝水,我很自责,埋怨她不该来看我。她非常轻快地说:你看我身体棒棒的,哪像你弱不禁风啊,刚好我还可以借此机会减肥呢。直到我顺利做完手术回到病房,她才同我握手告别,走的时候还千叮咛、万嘱咐的。

直到今天,一想起她为了陪我度过那个最落寞、最紧张的时刻而不惜忍饥挨饿,我的心里就有一种自责而又幸福的感觉。我很庆幸在这个物欲横流、人情淡薄的社会里,我的生活中处处有动心的美。那种柔柔的暖意,那些幸福的感动,似涓涓溪流流入心田,似阵阵清风飘然而至。

感动!人间最美好的感觉,总是在我的生命中驻留,直到永远,永远……

雪之花

　　每年我都要期盼一场酣畅淋漓的大雪。当树上掉下的最后一片落叶送走晚秋的时候，我的心里就开始憧憬那飘飘洒洒、纷纷扬扬的雪花了，那洁白的雪花总是会在我的心里泛起一股美好的、柔柔的情意。

　　今年的这场雪如期而至。

一

　　傍晚的时候，天空中突然飘起了雪花，刚开始只是稀稀落落的几片，但只一会儿，漫天的雪花在空中飘飘洒洒，纷纷扬扬，那一片片雪花好像不甘寂寞似的在空中争奇斗艳，轻盈曼舞，她们总试图将最美的舞姿展现于人间。可是，无论雪花怎样努力，也只能是静静地绽放，悄无声息。

　　天黑的时候，万物披上了银装，天地白茫茫的一片。往日那裸露的肮脏与丑恶也完全被白雪覆盖，好一个干净、纯洁的世界！此时，我的心好宁静，好洒脱。

　　喜欢雪花是因为她的纯洁、不张扬、默默奉献以及寂寞的绽

197

放。雪花又总是会给我的生活带来一些惊喜和快乐。

<h1 style="text-align:center">二</h1>

一次，和同学聊天，她突然提到了很多年前我写的一篇散文《那夜……那雪……》。她说文字和情节很美，至今她还记得。"难道你自己忘了吗?"她问我。我怎么会忘了呢，那是我写的第一篇关于雪的文字，我在心里想。只是里面的文字描述我已经淡忘了，故事的情节随着记忆的搜寻却还记得，就像冰心老人在她的散文《往事》里所说的:

> 在别人只是模糊记着的事情，
>
> 然而在心灵脆弱者，
>
> 已经反复而深深地
>
> 镂刻在回忆的心版上了!
>
> 索性凭着深刻的印象，
>
> 将这些往事
>
> 移在白纸上罢——
>
> 再回忆时
>
> 不向心版上搜索了!

《那夜……那雪……》我已经没有了深刻的印象，已经在我记忆的心版上渐渐模糊，但那晚的雪景我却记忆犹新……

那是一个冰天雪地的夜晚。白天，大雪纷纷扬扬地下了一整天,天地万物笼罩在白皑皑的雪中,地上几乎没有行人的脚印。到了晚上,雪停了,月亮却出来了。月亮很圆,很大,被月光朗照的万物洁白、晶莹,那真是一个绝美的月夜。一对青年男女在这样一个美好的夜晚不期而遇,故事的情节就随着这条美丽的主线而发展,他们相恋了。但随着时光流逝,世事变迁,他们终没走到一起。几年以后,他们又在这样一个美丽的雪夜不期而遇,除了感慨,他们相顾无语。此时,万籁俱寂,只有脚下发出的沙沙声使那个死一般沉寂的夜晚有了一点儿生机。路在脚下痛苦地延伸,他们满怀希望扭过头去展望身后的一切,过去,那些美好的记忆重现在眼前,可如今已物是人非。往事不堪回首,追忆也只能徒添伤感,此时此刻,此情此景,他们百感交集。猛然间,他们醒悟过来,在这样一个难耐而又冰冷的夜晚,面对这空茫的天地,他们又能怎样呢? 除了无奈、伤感,再就是雪地上那两行扭曲的脚印……

三

也是在这样一个清朗的雪夜,我认识了现在的先生。从此,我的一生便有了一份牵挂和寄托,他的正直、敦厚、善良让我今生有了坚实的依靠。

那晚,也如现在这般下着大雪。窗外雪花飘飘,屋内温暖如春,我和他围着炉火,喝茶聊天,轻松、惬意地聊着与青春有关的话题。那时候的他,一腔热血,心怀壮志,总是幻想着手擎达摩克利斯之剑,铲除人间的妖魔鬼怪,维护世间的正义与和平。也就是在那时,我便对他暗暗滋生了欣赏和钦佩之情,瘦弱的他在我眼里变得高大起来。共同的兴趣与志向使我们之间没有了陌生和距离,仿佛是两个已熟识多年的朋友,亲切,自然。我们无所不谈,在谈到生活中的种种不公正时,我看见他浓眉紧锁,明亮的眼睛瞬间黯淡了,屋里的空气一下子沉重起来,为了避开这沉重的话题,我们干脆去室外赏雪。

不知何时,风停了,雪住了,一盘满满的皓月高挂空中。那是怎样的一种月色啊,清寒的月光洒满了天地,厚厚的白雪在柔柔的月光下熠熠生辉,晶莹剔透,置身在这样美妙的夜晚,恍惚是身处幻境。那晚,我们忘记了寒冷,忘记了一切。

从此,那个清朗的雪夜便根植在我的心里。我很庆幸,那夜我认识了他。从此,幸运的我,便一直生活在他的关怀、宠爱、保护中。

四

在我还没来得及好好设计、好好畅想怎样做母亲的时候,你就悄悄地告诉了我你的存在,生你的那年是个特别寒冷的冬天,你的降临犹如冬日暖阳温暖了我整个冬季。医生将你送到我的面前,看到你娇嫩、红扑扑的小脸蛋儿,怀抱你柔软的小身体,我的心都醉了。那天,正好下着雪,所以就给你取了个与雪有关的名字。

那年的雪真是几十年罕见,从你出生的那天开始,一下就是十几天。每天,我坐在暖暖的房间里,怀抱着你柔软的小身体,看着窗外纷飞的大雪,就幻想着将来我的女儿一定会像白雪公主那样漂亮,聪慧,可爱,皮肤会像雪一样白。这时,那些美好的期盼都随着那飘飞的雪花纷扬。特别怕冷的我在那个特别寒冷的冬天,因为有了你的陪伴而温暖,你的降临给我平淡的日子增添了幸福和乐趣。女儿,你让我长了一双想象的翅膀,我所有美好的愿望都与你有关,你使我的人生更加充实和丰满。

五

此时,雪依然在下,越下越大,好像不打算歇息似的。看着这晶莹的雪花,那抹珍贵的情谊如一股暖流在我心间缓缓流淌……

也是在这样一个寒冷的冬天,我的腿意外摔伤,不得不住进了离家千里之外的医院,不能动弹的我每天都要忍受着疼痛的折磨,看着那些行走自如的健康人,感觉自己就像是溺水了一样,充满恐惧和绝望。同时,我也悟出了功名利禄、荣华富贵皆过眼烟云,人生最大的快乐莫过于自由的快乐,健康的快乐,行走的快乐。可是,在这个无奈而又落寞的冬天我失去了所有的快乐,尽管亲人的悉心照料和朋友的深切关怀让我感觉到了人间最美的真情,可疼痛的折磨依然使我烦躁、忧伤。那个寒冷的冬天让我深切地体会到了来自心灵的刻骨伤痛。我时常在夜半时分被噩梦惊醒,醒来后,黑暗、恐惧又将我裹得紧紧的,痛苦和绝望又让我坠入无底的深渊。那段时日,就像是人生的末日来临了一样,没有一点儿希望和期盼。

记不清是哪一天,我依然无望地躺在病床上,木然地望着窗外的天空发呆。因为是住在 11 层楼,放眼望去视野很开阔,感觉自己离天空很近。这时,我突然发现天空中有雪花在飘,开始只是细细的,碎碎的,但只一会儿就大朵大朵在空中飘飘洒洒,那景象甚是洒脱、壮观、美丽。我的心也一扫往日的阴霾而开始晴朗,雪花啊雪花,你这天地间的精灵,不仅给这个枯燥、伤感的冬季带来了生机和灵气,也给无望的我带来了希望和期盼。望着那朵朵纷飞的雪花,我坚信一定有我最美的期待。果然,手术很成功,我的腿也一天好似一天。恰逢其时,她也来了。

她听说我出事后就和她的爱人立即赶过来了,当时,因为连日暴雪,很多高速公路被封,他们是辗转数百里绕道而来的,那天依然下着很大的雪。在她推开病房门的刹那,我突然感到有一股暖流在心里涌动,那感觉就像是一间黑暗、寒冷的屋子里忽然有了一道温暖、亮丽的阳光照射进来。在这个寒冷的冬季,在我最难耐、落寞、伤感的时候,给了我莫大的温暖和宽慰,至今想起来,那种暖心的感动,那份美好的情谊仍会在内心深处悄悄涌动。

我很庆幸,在这个人情淡薄的社会,我不仅拥有了心灵的自由,健康的身体,我更拥有人世间最珍贵的情谊。那浓浓的亲情,甜美的爱情,至真至纯的友情,总是被我细心搁置在心灵最柔软的地方。这些美好的情愫,总是在我迷惘、无措时给我感动和慰藉,因为生活中这点点动心的美,我的人生才更加丰富和多彩。

雪依然在下,那曼舞的雪花似乎也在向人们诉说着一个个美好而又感人的故事……

只因红尘中有你

小径深深，树影斑驳，灯光幽幽，寂静异常。临近的河面被霓虹灯映衬得波光潋滟，微风吹过，丝丝凉意拂面而来。此时，思绪如潮……

很多年前，与你在一个月光朗照的晚上相识。只此一面，你就认定了此生我就是你的妻子，尽管我喜欢你的坦率和风趣，可我依然拒绝了你。之后我们仍然如朋友般交往，慢慢地，你的才智、人品、善良深深地吸引了我，感动了我，可爱情的火焰依然没有被点燃。相反，那相识、相知的友情却如风般慢慢滋长。

难道今生我们注定有缘无分吗？

几经春秋，几经波折，千帆过尽，众里寻他千百度，蓦然回首，灯火阑珊处，你我依然是最初的选择。

我始终不明白：才不及人，貌不及人，力不及人的我怎么会被你认定今生就是你的妻？你说：我俩身上具备相同的品质——真诚、善良，不投机，不钻营，不阿谀奉承，最重要的是——我爱你！这还不够吗？

是呀，因着这份爱，你迁就、忍让、包容我所有的缺点：我的不切实际的幻想，不切实际的浪漫，任性，坏脾气，乱花钱，不可理喻,不爱做饭,不求上进……你说:只要不是原则性的,只要你随心、随性、随意、快乐、开心就好。你从不要求我做什么,我也从未为你做什么,老公,你让我觉得好惭愧。

如今,你也算是事业有成,迫于工作总少不了交际、应酬,可你从不迷恋外面的灯红酒绿,一如初始般恋家,爱妻女。尽管你未给过追求浪漫的我花前月下的爱情,可你平朴、厚实的爱让我踏实、满足。你给了我一个舒适安逸的家,给了我一生的快乐、幸福!老公,我何德何能蒙你如此厚爱!

死生契阔,与子成说;执子之手,与子偕老。

老公,此生牵了你的手,来生之路定好走。如有来生,我还做你的妻。纵然是衣带渐宽也无怨无悔,为你憔悴心甘情愿。

老公,今生你让我活得洒脱,幸福!如有来生,我依然愿做你的妻。你还会娶我吗?

我幸福,只因红尘中有了你。

读书与修德

先生是学法律的,曾做过一段时间的律师。我们经常在一起聊天,大多是社会实相,每有看不惯之事,他经常是情绪高涨、义愤填膺。后来,女儿秉承父业,也学了法律,父女俩没事儿总在一起探讨,我是近水楼台,获益良多。

前几天,小妹致电让我请朋友给她写幅"自强不息,厚德载物"的字,就此,我便和先生一起讨论"自强不息,厚德载物"的内涵,由此引发了这篇文章。

"自强不息,厚德载物"作为清华大学的校训,缘于1914年梁启超在清华所作题为《君子》的演讲。"自强不息"要求清华学生具备奋发图强、勇往直前、争创一流的品格。"厚德载物"要求清华学生具备团结协作、严于律己、无私奉献的胸怀。如梁启超所言:"君子自励犹天之运行不息,不得有一暴十寒之弊……且学者立志,尤须坚忍强毅,虽遇颠沛流离,不屈不挠……见义勇为,不避艰险……君子接物,度量宽厚,犹大地之博,无所不载。君子责己甚厚,责人甚轻……当其名高任重,气度雍容,望之俨然,即之温然。"其阐述,归纳起来就是"自强不息,厚德载物。"

其实,"自强不息,厚德载物"是出自《周易》中的卦辞:"天行健,君子以自强不息;地势坤,君子以厚德载物。"天(即自然)的运动刚强劲健,相应于此,君子应刚毅坚卓,奋发图强;大地的气势厚实和顺,君子应增厚美德,容载万物。在古代,中国人认为天地最大,包容万物,这是对宇宙的朴素唯物主义看法。从而进一步引申出最朴素的人生哲理,即人生要像天那样高大刚毅而自强不息,也要像地那样厚重广阔而厚德载物。

在经济飞速发展的今天,人们固然要"自强不息,奋发图强",因为人生的道路不是一帆风顺的,总是有这样或那样的挫折和险阻。在逆境中,如果缺乏这种"自强不息、奋发图强"的精神,我们的社会怎能进步?我们的经济怎能腾飞?我们的国家怎能在世界傲视群雄而独领风骚?我们自己又怎能生于斯,存于斯?尤其是在这个特别强调个人知识和工作技能的时代,这种"自强不息、奋发图强"的精神尤为重要。

但是,"厚德载物"却更加难能可贵,它体现了一种至高的境界和崇高的品德。君子应增厚美德、容载万物,以深厚的德泽育人利物。由此,"厚德载物"所蕴含的崇高品质又可以引发出一种社会的责任感和使命感,而这恰是我们每个人身上必须具备的品格。责任在我们的日常工作中,远远胜于能力,同时又承载着能力。它是一种最基本的职业精神,只有一个充满强烈责任感的人才能有机会展现自己的能力,从某种意义上说,责任也是我们的立身之本。譬如律师以及其他法律工作者。

今天律师的职责已不仅仅是诉讼和庭审的辩护,在当今这个倡导和谐文明的法治社会,维护法律的尊严和神圣是每个公民义不容辞的责任,同时,捍卫法律的尊严、维护法律的公平又是时代赋予每一个法律工作者的神圣使命。试想,如果法律工作者身上没有这份强烈的责任感和使命感,面对这个物欲的社会,他们怎能抵挡诱惑,又拿什么来捍卫法律的尊严和公平呢?当弱势群体的人权和利益受到侵犯时,当他们没有能力请律师为他们维护合法权益时,律师是否能挺身而出伸出援助之手呢?在强权面前,当法律的尊严遭到践踏时,律师是否会勇往直前、无畏强权呢?

《老子》曰:"上善若水,水善利万物而不争。"意思是说,最高境界的善行就像水的品行一样,润泽万物而不争名利。"上善若水"和"厚德载物"所蕴含的意义是一样的。所以,如果我们具备了像水一样的品行,淡泊名利、不计得失,像天地一样"自强不息、厚德载物",又有什么不可为呢?

当然,律师也不是万能的,也不是救世主。如果一个恶贯满盈的杀人犯想让律师为其做无罪辩护,那无疑是在亵渎法律的神圣,藐视法律的尊严。以事实为依据、以法律为准绳是永远不变的法则。

"自强不息,厚德载物"作为中华传统文化的重要内涵,一直教育、激励和影响着炎黄子孙。它体现了一种健全的人格,集刚健和柔顺两种不同的特质于一身,标志着人格发展的一种全面性。

诚然,树有参差不齐、人有良莠不分,不可概而论之,但闲暇之余,多读书,读好书却是我们每一个人修身养性、完善人格不可或缺的重要内容。一本好书,或书中的一小段话都会给人以熏陶、滋养,它给人带来的启迪和警示,让我们在迷惘之时茅塞顿开,富贵之时不骄不躁,贫贱之时威武不屈。

今天,物欲的诱惑让人们的心情浮躁,人情的淡薄让我们感受到世态的炎凉,所以,我们更应该静下心来读书,读好书,让先贤的教诲和那些至理名言熏陶和滋养我们的心灵,让我们像天地一样"自强不息,厚德载物"。

我们要让"自强不息,厚德载物"的传统文化和崇高的道德品质在华夏大地永远传承下去并发扬光大。同时要记住:修德须忘功名,读书定要深心。

你若安好

　　在萧瑟和落寞中,秋叶无奈地落了一地,心被一道阴影遮盖,无法抵御的暗伤如秋风扫落叶般蔓延开来。

　　有些日子了,连只言片语都没有。在一种爱莫能助,无可奈何,见与不见,问与不问,该与不该,能与不能的情绪里,我无法知晓你此时的心情。你冷淡、毅然决然的声音,让我如堕云雾中,不知其然。尤其是那句"还说是心有灵犀呢,怎么就不明白呢?"话里的伤感,竟让惭愧哽在我的咽喉,我无语。

　　你是在怎样的情形下说出这句话,我无从知晓,但在你不满的情绪里,我分明听出了对我愚钝、木讷的责怪。诧异之余,我预感到有什么重大的事情将要发生,而你却是有着怎样不能言说的无奈和痛苦?

　　隐隐之中我似乎明白,可我却是这般的无助和无奈。

　　当阴霾笼罩的时候,我无法擎住命运的手,给你一个丽日晴空。我能做的就是做你心灵的纯真过往,真诚无悔地付出,祈求上苍能眷顾和怜惜你的善良和执着,宽容你所有应受的指责。无论如何,你都要固守那份属于你特有的孤傲,对人性至善的追求,一如既往地坚守那份无畏无惧、无求于人的纯真和善良。

秋天的冷悄无声息,在这么一份清寂里,我温暖的问候能缤纷你秋落的心情吗？我深沉如海的祝福能亮丽你阴郁的日子吗？

无需太多的言辞,在这俗世里,你我是心意相通、坦诚相知的知己。我因牵挂着你、无从知晓你的近况而辗转难安,猝不及防的变化,是那么深深地触痛了我的心灵。

你的无助与无奈我岂能不理解,你不说,我亦不问。那么,就让我在文字里倾注笔墨,默默为你祝福,诉说我无尽的思念、伤感和无奈吧。

岁月静美,因为有你。你若安好,便是晴天。

聚散苦

把酒祝东风，且共从容。垂杨紫陌洛城东。总是当时携手处，游遍芳丛。

聚散苦匆匆，此恨无穷。今年花胜去年红。可惜明年花更好，知与谁同？

欧阳修的这首《浪淘沙》真是写尽了人生聚散的离情愁绪，及对美好春光转瞬即逝的无奈伤怀之情。

又是四月芳草天。天蓝，山清，水秀，风柔。这温暖而又美好的春天，是最适合与友人一起游赏的了。

你如期而至，与我相约在这美好而又浪漫的季节。

四面的青山如黛，林中的鸟虫和鸣，侧身眼望，一潭湖水波光粼粼，金色的阳光把你美丽的倩影倒映在这清清的水面上。在柳枝摇曳的堤岸，你绰约优雅的风姿使花与树含羞，爽朗、欢快的笑声又让湖水沉默。动情的我迅即把这美好留在了心间。

一条通向林中的羊肠小道上，我俩正携手慢行。远离喧嚣的你，想把红尘的俗念抛却在茂密的树丛中，而一朵开得正艳的花儿，又会让你的倦怠、烦恼消失得无影无踪。看着欣喜若狂的你，

我也忍不住心花怒放。真的,真的希望你永远如此。

兴致浓浓的你我,把唐诗宋词带进了这弥漫着清香、幽静的山谷,你圆润的嗓音漫过唐诗宋词的韵律,那些优美的新词和旧阕被你那抑扬顿挫的声调演绎,在深山幽谷里久久回荡。看着声情并茂、朗诵正欢的你,想到明天的离别,一丝伤感在我的心头蔓延开来。是啊,"今年花胜去年红",明年呢?花开更好的明年,你还会与我相聚在这美好的春天吗?是否依然会有现在的浪漫和激情?

一片花瓣随风飘落至我的脚下,我有些伤感,我似乎听到了花瓣落地的声音,它似乎也在感叹美好春天的转瞬即逝和人生的短暂。这一片片凋落的岂止是花瓣啊,分明是它破碎的心。

此时,夕阳正悄悄西下,远山近物一片迷蒙。渐渐地,夜幕终于落下……

把酒言欢,且共从容,暂把离情遗忘。

晚上,我们约定一醉方休,但两三杯红酒下肚,我的胃里就翻江倒海般地难受,我真的不胜酒力,但我依然想与你同醉。没想到,你真的醉了。子夜时分,你悄然滑下的泪滴,让我看到了你深埋的心事。一直以来,我似乎懂你,又似乎不懂你。我知道,在这个人心险恶、物欲横流的社会,你总是把自己放在一副冰冷的面具后面,你不想伤害别人,但也怕被人伤害,就像一只蜗牛,把自己裹在厚厚的壳里。你的内心,是我永远无法穿透的世界。

今夜,在这寂静的夜里,你尽情流淌的泪珠,终于卸下了你那冰冷的面具,此时的你,不再坚强、冷漠;此时的你,是那么柔弱、善良而又不堪一击;此时的你,是那么真实,而这份真实,又让我是如此感动！面对这份真实,我却有种负罪感,就像有一只无形的手,狠狠地敲打着我的心,我的心好痛。真的,我不想看到你流泪的样子。

相聚太短,离别却又匆匆。

次日上午,任凭我怎样地挽留也难阻你离别的脚步,你还是难以摆脱尘俗的纷扰和负累。你无可奈何地说,人在江湖,身不由己。是呀,作为一个个体生命,一个凡夫俗子,面对尘世的欲望,有谁能做到遗世独立,有谁可以免俗呢？但是,只要自己保有心底那份淡然,给自己的心灵留一份洁净的天地就足矣。

你走的时候,天空飘着零星的小雨。我只把你送到高速路口,下车的时候,我们彼此都有些伤感,你故作轻松地说,千万别执手相看泪眼啊。我无语,只挥一挥手。

离别已教肠寸结,何须再去翻新阕。

聚散苦匆匆,遗憾重重……

林红谢落,又惹相思

　　这场雨该是一场真正的秋雨吧,不大亦不小,伴随着微凉的秋风。院子里,已经泛黄的树叶和各种花草的叶子,终究抵挡不住秋风秋雨的侵袭开始慢慢凋落,满天的枯叶带着晶莹的泪珠飘飘洒洒,纷纷扬扬,最后终于极不情愿地落入大地,碾落成泥。真是"秋风秋雨愁煞人"啊! 看着这"花谢花飞飞满天"的残酷境地,怎不让人生发出红消香断惹人怜的感慨。

　　虽说"落红不是无情物,化作春泥更护花",但看着树叶坠落的一瞬,心里还是感到岁月无情,时光匆匆。这时,《相见欢》里的词句又涌上心头:"林花谢了春红,太匆匆。无奈朝来寒雨晚来风。"李煜就是借伤春惜花之情,寄寓人生苦短、来日无多之悲叹。他不仅仅是抒写自己的失意情怀,更是对生命的缺憾和人生体验的苦叹。是啊,人生有太多的缺憾和失意,就像人有悲欢离合,月有阴晴圆缺,此事古难全一样。

　　林花谢了春红,太匆匆……岁月就是这么无情,不管春花是怎样娇艳、妩媚,最终还是要枯萎、凋谢,就像这秋天的落叶,尽管树叶深情地依附在树枝上,可怎抵它晚来风急,那飘零的落叶,似带泪的血笺,怀着对树枝的依恋,久久盘旋,不肯离开,但最终还是无声无息飘然落下。那份眷恋难舍、不胜缱绻之情，无不让人为之动容，潸然泪下。

此时此刻，心绪似落叶般剪不断理还乱，那谢落的林红偏又惹了我相思一片……

这场微寒的秋风细雨在我身边悄悄吹落的时候，我对你的牵挂也如这落叶般细密而缠绵。今生我们真的有缘，是什么让我如此看重这份难得的缘？是可遇不可求的心有灵犀，是烦恼郁闷时的温言细语，是孤独伤感时的真心相伴，是分享成功时的快乐欣喜，是寂寥暗夜的默默相望……

此时，风停了，雨住了，一弯弦月在空中高悬。望着那清冷的弯月，心事又随这弯月幽幽泛起，天上的弦月何时能圆？地上人儿的心事你可知晓？

今夜，就让这满地的落叶为琴，那清冷的弯月为弦，轻轻地弹奏一曲《高山流水》，让这优美的旋律将天上的弯月添满，将地上人儿的心事画圆。

最爱冰弦伯牙意，林泉深处待子期。

是否，在那月圆之时，你能如期而至？

心灯

今夜无风，亦无月光朗照。在这寂静的暗夜里，心似缥缈的孤帆，落寞无依。伫立窗前，眼望茫茫天宇，几颗不太耀眼的星星忽明忽暗，试图努力放射光芒照亮夜空。无奈，宇宙依然被黑幕笼罩，漫无际涯。

此时，一盏心灯，足以让心不再孤寂。可缥缈的思绪，似清风徐徐，袅袅飘荡。

沉沉的暗夜啊，可知我心事？

我渴望那种至善至美的境界。我也知道人世间有许多的美好：每一次生命的轮回，四季的更替，春花秋月，夏雨缠绵，冬雪皑皑，无不让人品味到一种溢于言表的美好。然而，茫茫人海中的擦肩而过，朋友间的推心置腹，一见如故的似曾相识，无言无语的默默相守，似淡茶，似美酒，似清风，回味悠长，爽心神怡，沁人心脾，似春雨润物细无声。

在人生的机遇中，要面临许许多多的相遇。可与你的相遇，那种美好的感觉就像春天初放的花，温馨，自然，坦诚……

哦，今夜真美，无风亦无月，更显夜的寂寥。

此时，任我缥缈的思绪，向着远方静静地叙说，吹一曲洞箫，送上我深深的祝福……此刻,我知道:心也不会孤寂,因为,不远的前方,希望的帆已为我升起。

啊!今夜真美。

在这无月无风的暗夜,就让我浪漫一回,对你说:你是我今生最美的相遇,认识你真好。

月夜长堤

大地在惝困的夜晚几乎睡着了,朦胧的空中,不肯消逝的月亮,以它明亮、漫无际涯的银辉,勾画出一个生机益然的世界,以它的温顺、妩媚,渲染着无比柔美的姿容。

地气,热得烫人。

花香,浓得心醉。

抬头仰望,月光融融。抒情诗般的天空好洒脱,好迷人。仿佛多看一眼,就能吮吸到大自然生命的气息;仿佛再看一眼,就能获致灵魂中那原本已逝去的旺盛精力和热情。

就这样,她身不由己地走出了闷热的小屋;就这样,她情不自禁地伫立在幽幽的长堤之上。

长堤在脚下延伸,两旁的小树,抖动着旺盛的枝干,将柔美的树叶垂向大地,以最美的姿态,聆听大地喃喃的絮语……

一种悠悠的意绪,伴随小河哗哗的流水声,糅进了飘着哀怨的思绪之中。

路在脚下痛苦地扭曲着,沉重的脚步顺着孤独的身影移动,耳朵紧贴夜的胸膛却听不到远方的消息。

暖得发酵的大地哟! 冷得颤抖的人啊!

　　苦闷、无奈的思绪还在游移……一次又一次鼓起希望的帆驶向了远方，一次又一次将真情装满了信封，一次又一次任凶吉的微兆在烈日中焚烧，一次又一次任希望的心在企盼中毁灭，一次又一次……莫非是风雨阻隔了邮路，莫非是行程的船触到了暗礁，莫非是……她不敢再想……失望、落魄将她裹得紧紧的。

　　今夜，在月光下写下这只言片语，不再是为了寻找和企盼，而是告诉远方的人：虽然你们同属于一个空间，却如同两条线上的点，你拥有你的灿烂追求，她拥有她的希冀和梦幻。既然你远航的风帆已升起，她又何必、何必苦苦地留恋……无奈，她只有在月光下发出惋惜，并遥寄一串长长的思念。假如你已找到至关的交点，她将深深地祝福你，直到永远、永远……

　　月夜，长堤。望归的人在默默地出神，还在缘木以求着什么？任缥缈的思绪，颤动着秘密的惊喜，等待炫目的阳光，预告明天的故事。

　　在幽幽的长堤之上，因何而失落呢？也许只有一个人知道。

　　可伫立在月光下的人，却不知道自己在干些什么！

心的方向

你说，来吧，我这儿艳阳高照，被雨水冲洗的空气干净着呢。我不相信，我这儿一直都是阴雨绵绵，淫雨霏霏，一切都是潮湿、发霉的，咫尺之间怎会是两重天？你说，是真的，来吧。

就这样，我来了，风尘仆仆，只为将心灵放逐于宽广而又高远的天空。

真的，朝着你的方向，是心的方向。极目远眺，想着顷刻之间就能与你同享这碧空如洗、丽日蓝天，就乐不可支，一不留神，脚下的油门被用力踩踏。

身后的阴霾越抛越远，灿烂的阳光越来越近，虽说是七月流火的时节，可这久违的阳光依然令我着迷。

真的是一片净土吗？我满身的铅华能否被你淡泊的风雅洗净？我躁动的心灵能否在你殷勤的梳理下得以安宁？真的，你能荡涤我沾染的俗世尘埃吗？

你说晚上我们去广场散步吧，那里的环境不错。

吃过晚饭，我们驱车来到了广场。广场人海如潮，川流不息。这是一个面积大、绿化好，且具有现代化人文气息的广场，确实是人们休闲、娱乐的好去处。

　　寻一处幽静的鹅卵石小径,我们携手漫步。一阵纯净而又浓郁的清香扑鼻而来,我猛吸一口气,好香啊！顿觉神清气爽、惬意至极,旅途的劳顿消减大半。

　　夜空辽远,闪烁的繁星更添了夜的寂寥。时而,轻柔的清风轻拂脸面。

　　这情,这景,这人,在这个夜晚让我的内心如决堤之洪倾泻而出。我把这段日子那些琐碎的烦恼细诉你听,似乎我是在自言抑或是自语。你默默倾听,不时向我投以信赖和理解的目光,你的目光让我在瞬间感动。我很庆幸,在这个人心浮躁的时代,能有你这么一个倾心相诉的知己。

微醉

　　一直以来,在常人的眼里,不管是家庭还是工作,你都是那般春风得意。可来自内心的烦恼他人岂知? 我知道,你善良、求真的个性很容易受到伤害,所以,有的时候,你不得不戴上面具把自己掩饰起来。今天,在这个僻静的小径,你终于卸下了面具,还原了一个真实的你,而真实的你更令我感动。

　　你终于掀开了埋藏在心底那鲜为人知的一页,而这一页你翻了整整两年,这该是怎样的煎熬、痛苦和困扰! 我全然不知。

　　那两年,你不慎卷入了一宗大案要案中,面对强权压制、利益诱惑、无赖恐吓和威胁,你全然不惧,始终坚持自己的观点和判断,站在公正的立场,维护法律的尊严和正义。事实证明你的判断是正确的,正义战胜了邪恶。这件事,让你看到了人性的丑恶,看到了那些披着法律的外衣,所谓公正、廉明的执法者的嘴脸。

　　"你怎么能挺得过来呢? 换了我就垮了。"我听得胆战心惊。

　　"你根本想象不出当时的情景,我几乎要垮掉,身体几度受挫,几次住院。"

　　"为什么不告诉我?"我埋怨道。

　　"当时你的腿摔伤了,正在住院,我怎么好让你为我担心呢?"

听到你今夜如释重负的诉说,我很难想象,你这么一个文静、柔弱的女子,面对那庞大的邪恶势力,竟然毫不畏惧,坚持操守,这是何等的气魄和胆识啊,而我所谓的烦恼和困扰与之相比,又算得了什么呢? 面对我的絮叨,你总是耐心倾听,并予我安慰。突然之间,一向骄傲的我在你面前觉得好惭愧。

广场上的人渐渐稀少,夜色渐浓,我时而波峰时而谷底的心,随着你慢慢的述说归于平静。看着你坦诚、自信、坚韧的神情,我忽然同喝了酒般,有一种微醉的感觉。

啊,今夜真美,我禁不住喃喃自语。

是啊,美的岂止是物和景呢? 还有眼前的人。

此时,夜渐浓,人已醉……

忆梦

昨晚，又做一梦。

说不清是春夏秋冬的哪个季节，总之，天灰灰的，没有丝毫亮丽的色彩。你来了，坐的是大客车，怀里抱着一个两岁左右的女孩儿，女孩儿很漂亮，像个混血儿：皮肤白皙，眼睛有点儿凹陷，圆圆的，大大的，很明亮，一头卷卷的黑发，长长的睫毛也是弯弯地向上翻卷着。感觉这一年间，你似乎每个月都要来我家小住几天，且每次来这个女孩儿都这么大，似乎，这个小女孩永远长不大。

我知道，这个女孩儿是你的女儿。

我欢喜地接过你怀里的女孩儿，在她的小脸上亲吻，吻她的眼睛、睫毛、鼻子、脸蛋和红嘟嘟的小嘴，她甜甜地笑着，积极地配合我的亲吻，并伸出软软的小舌头在我脸上重复我刚刚的动作。最后，她居然把舌头伸进我的嘴里，柔柔地上下左右滑动，刹那间，我如痴如醉，幸福、快乐的感觉溢满全身。

傍晚的时候，我抱着女孩儿和你一起，在我家门口看夕阳西下……

我家门口有一处很大的沙滩，紧挨沙滩的是一条宽敞、清澈的河流,河对面是连绵起伏的群山。我们静静地目送晚霞隐天、夕阳西沉。当最后一抹斜阳隐入山峦之际,群山之间,电闪雷鸣,奇光异彩纷呈,似有烟花冲天,这突然的景象让我们目瞪口呆。只一会儿,更大的奇观出现了,只见一座座山峰,错落有序地向右移动,一会儿百花齐放、姹紫嫣红,一会儿柏青松绿、郁郁葱葱。我忘情地沉醉在这美妙的景色中,你却惊慌地大声道:"不好了,要地震了!"我说:"这不是地震,是地壳的运动。"话音刚落,这奇异的景象就消失了,天渐渐黑了。

第二天,也是在傍晚的时候,你执意要走,我把你送到车站,在车站小店,我买了几瓶纸盒装的纯牛奶,让你们在路上喝,临上车的时候,我抱了抱你的女儿,在她的脸上亲了亲,她甜甜地冲我笑了笑。回去的时候,你依然坐的是大客车,天依然是灰灰的。

似乎,从开始到最后,小女孩没说一句话。

早晨醒来的时候,我才知这是个梦,这个梦一直在我的脑海里萦绕,尤其是小女孩的模样。我忽然明白,其实,这个女孩儿就是我的女儿,她小时候的模样几乎和梦中的女孩儿一模一样。还有,刚刚发生的场景似乎不属于这个时代,似乎在二十年前,似乎不是在我的家乡,似乎在某个有着青石板路基的江南小镇。

是啊,一定不是现在,否则,你不会坐大客车来,我也不会让你坐大客车走。这样想着,心里觉得美美的,真的是好梦留人醉,唯愿长梦不复醒。

此时此刻,好想、好想把昨晚的梦再长长地梦一回。

深埋的心事

此时,正是子夜时分。美丽的江城在晚风轻柔的吹拂下,隐去了白天的喧嚣与嘈杂,安静极了。远空,几颗耀眼的星星张扬地眨着眼睛,不甘寂寞地充当着夜的守护神。

友人已熟睡,而我依然毫无睡意。夜色朦胧,惬意的江风徐徐而来,透过薄薄的窗纱试图想轻抚我躁动的心,可心事如波涛般汹涌。

"欲将心事付瑶琴,知音少,弦断有谁听?"

你可是我的知己?茫茫人海,我唯愿你是。

我始终把你当作知己,我把心事坦诚地向你倾诉,我渴求那种灵魂上的共鸣。今夜,在这个陌生的城市,当异乡上空轻柔的风吹来时,我们的眸光交织在一起,除了理解、信任,我似乎还看到了飘忽不定的神色,我忽然明白,我们的灵魂不能相拥而舞。

刹那间,我是那么恐惧、孤独,跌入绝望的谷底,那份对生命以及感情美好的渴求,瞬间消失殆尽,两行冰冷的泪珠,在这沉沉的暗夜里,悄然滑落下来……

我始终坚信,人世间有那种至真至纯的感情存在,不管是同性还是异性。可为什么在世人的眼里,一些美好的东西总是被蒙上不信任,甚至是怀疑的面纱?我万万没想到,连一向脱俗的你也这么看。

难道是我的思维有悖于常人,抑或是我的需求太多?其实,我不奢求太多,我只要拥有一份美好的感情就足矣,哪怕是物质上的乞丐,也要做精神上的贵族。我渴求人与人之间坦诚以待,我喜欢那种蓦然回首,人在灯火阑珊处的感觉。

曾经和一位朋友谈到爱,朋友说,爱是不轻易说出口的。而我却说,我爱我的亲人,我也爱我的朋友,这不矛盾,也不冲突。爱是需要表达的,如果不爱的时候,仍然需要表达。在感情上,我从不欺骗自己,我喜欢那种纯粹的真实。

如若君子坦荡荡,何惧小人长戚戚呢?

在我看来,荣华富贵、功名利禄都是过眼烟云,而我愿意活在自己的世界里,至少,这是一个纯净的世界,不管是现在还是将来……

仰首朝天长笑去,岂管他人话短长呢。我轻轻一叹……

此时,轻柔的晚风依旧徐徐地吹拂,窗外的世界灯火依然,窗内的世界漆黑寂静,透过夜的眼睛,我似乎看到了友人舒畅的笑意在脸上荡漾。而此时,我躁动的心也慢慢平静了下来。

"人生自是有情痴,此恨不关风与月。"

今夜,我深埋的心事付与谁知?漫漫长夜,知与谁同?

今夕夜冷

当日佳期鹊误传,至今犹作断肠仙。桥成汉渚星波外,人在鸾歌凤舞前。

欢尽夜,别经年,别多欢少奈何天。情知此会无长计,咫尺凉蟾亦未圆。

《鹧鸪天·七夕》

今夜,天阶夜色凉如水,坐看牵牛织女星。今夜是个多情的夜晚,从天上到人间。

此时,风含情,水含笑。彩虹桥上,霓虹闪烁;彩虹桥下,河水清澈,被流光溢彩映照的河面波光粼粼。河两岸人流如潮,但却比往日显得安静,或许大家都想聆听那对痴情男女缠绵的情话吧。透过斑驳的树影,抬头仰望,苍穹的那弯半弦月把柔柔的清辉洒向天际,夜空太宁静,也太寂寥,没有了往日的璀璨。我努力寻找那两颗耀眼的星星,却不见其踪影。原来,他们正在七彩的鹊桥欣喜相会呢。是啊,三百六十五个日日夜夜的翘首期盼,只待今朝。

金风玉露一相逢,便胜却人间无数。此时,你我却是:咫尺凉蟾亦未圆。

今夕何夕？你或许不知,否则,你不会拒绝我与你一同回去。

昨夜,我一直想跟你一块儿回去,不全是因为你中午喝了酒不能驾车。明天是七夕,这个浪漫的节日我只想跟你相守,没有道明想回去的原因,可你却毅然决然地拒绝了我,把我留在了异乡。我知道,异乡的我并不孤独,在这儿有亲人的陪伴。可当你孤独的身影转身的刹那,我有些落寞、负疚和心痛,同时一丝不被理解和缺乏默契的伤感也蔓延开来,咫尺天涯的距离突然在我的心里滋长。

这段时间,聚少离多,我们之间的距离也似乎随着地域的拉长而越来越远,不在你身边的日子,你就像一条自由欢快的鱼儿,完全没有了束缚。可我觉得,你似乎游离得太远,已经偏离了正常的轨迹。真的有那么多没完没了的应酬？真的仅仅是迫不得已吗？沉湎于一种现象,让你的情感像高原的空气,变得越来越稀薄。知道吗,你让我觉得有些陌生,这种感觉让我很害怕。的确,为了女儿,我疏忽了你,这也是情不得已,你应该也能够理解,你或许不知,我对你的牵挂有增无减,可是,你却毫不领情。那晚,你脱口而出的话让我目瞪口呆,你满含抱怨的言语,让我忽然明白,原来,你对我所谓的谦让和宠爱是那么无可奈何和情非得已,我一向引以为豪的爱情和自由突然被蒙上了可笑的色彩。那晚,你把我无情地推入绝望的谷底。那晚,我甚至萌生意念,梦里我一定要去奈何桥上,喝下孟婆汤,把今生彻底忘记。

真的是目瞪口呆,我说不出一句话,只能在诗里抒发心情。你看后,默默无语,眼含歉意,紧紧地抓着我的手,我漠然。

曾经,我们信誓旦旦,不光相约今生,还期盼来生依然相守。可是,面对今生,我突然没有了勇气,怀疑今生,更害怕选择来生。面对这份放弃,我觉得好残酷。真的,今生,如果离开我,你觉得幸福,我给你这份自由。

　　昨天你走后,我躺在床上,从手机里翻出了前年我旅游在外时,你给我写的几首诗,字里行间充满了深情和爱恋。那次是我旅行时间最长的一次,几乎是每隔一天,你都打电话问候。你的牵挂,让我无意外面旖旎的风景。今夜,再次读你的诗,那感觉,亦如当初,心里一热,就把那诗转发到你的手机上。很快,你打来了电话,只轻轻地说了一句,你已经睡着了。其实,你的心意我已明白,但我故意说,现在的你再也没有了过去的心了吧。你坚决否认,说是打字速度太慢的缘故,其实在心里已经写了很多。我心里尽管漠然,但还是有了一份莫名的感动,差点流泪。

　　此时,夜深人静。窗外,夏秋的风正徐徐地吹拂,一丝凉意向我袭来,我不禁打了个冷战……

　　欢尽夜,别经年,别多欢少奈何天。今夕七夕,你我两地相隔。情知此会无长计,咫尺凉蟾亦未圆。

　　今夕,牛郎织女,纤云弄巧,柔情似水,银汉暗渡。此时,人间你我,两地相隔,夜寒风冷,凉蟾难圆。

　　夜更深了,万籁俱寂……

　　愿天上人间,占得欢娱,年年今夜。

依旧是月夜

碧空朗月洒清辉,又是一年中秋节。

这是一个多情、浪漫,而又充满诗意的节日。

今夜,却没有了月光的朗照,细雨蒙蒙。此时,我的心因这冷冷的秋雨而添了丝丝的暖意,这飘洒的细雨似乎读懂了我的心思,用它冷冷的柔情,慰藉了我膨胀的思念。

月圆最易惹相思。是啊,海上生明月,天涯共此时。每逢此时,万千游子都会期盼着月圆人亦圆,把心里那份最深的相思,以及最美好的祝愿,在中秋月光溶溶之时,向自己的亲人倾诉。然而,人生总是有很多的无奈:"花间一壶酒,独酌无相亲。举杯邀明月,对影成三人。"面对无从寄托的相思,也只能托付皓月,遥寄给家乡的亲人。"但愿人长久,千里共婵娟"终究是个美好的愿望而已。

"多情自古伤离别,更那堪,冷落清秋节!"更何况是在这举家团圆的中秋节呢!

每逢佳节倍思亲。此时,身在异乡的我更思念家乡的父母以及遥远的亲人和朋友。想来,今年的中秋节是我第一次没有在父母身边过节,以往每年,我都会跟父母亲一起,在明净无尘的月光里,唠着家常,说着陈年旧事,那份其乐融融的惬意,让中秋节多了一种更美丽的情愫,也让父母的心里有了一份对来年美好的期盼。

今夜,真的不想看到那轮圆月高挂碧空。那清朗的月光,只能徒增我深深的思念,让思亲的愁苦愈演愈浓。

此时,细雨蒙蒙,夜寒风冷,许是月宫仙子真的惧怕人间的清冷,把自己深锁在广寒宫而不敢出门,天地一片漆黑。原以为,没有了那轮圆月,我的相思会浅,却不料,思念如潮。为什么啊,没有月亮,但它依旧是月夜。原来,人的感情并不会随天气的阴晴圆缺而变化,时光的流转,只能将人的思忆拉长。既然如此,索性唯愿月宫仙子露出笑脸吧,至少还有一份美好的愿望可以寄托:但愿人长久,千里共婵娟。

梦里不知相思短,醒来哪堪忆情长。

人间最苦是相思!

浮名

这几天,愧疚感像蚂蚁一样在啃噬我的心灵和肉体,从未有过的懊恼和自责使我一下子坠入了人生的谷底。自认为一向洒脱不羁的我,在失败和挫折面前彻底地陷入了痛苦的深渊。

"忍把浮名,换了浅斟低唱!"我很欣赏柳七郎的这句话。我一直认为,名和利是人身上的一道枷锁,多少人为它忍辱、负累,到头来都是过眼烟云。当然,也有一些志存高远之士,求得功名只为了施展自己的才华和抱负,为这个社会做一些有益的事,以体现自己的人生价值。对这样的人我不仅欣赏,更多的是赞赏。诚然,我等燕雀之辈怎晓他人鸿鹄之志呢?

曾经,在我几十万投资赔得血本无归的情况下,也没有过懊恼、自责和痛苦,依然潇洒得如滚滚长江东逝水,把一切都付笑谈中,那种坦然和淡定连我自己都被感动了。今天,面对失败,我却有一种无法言说的痛苦,我的痛苦只缘于我的固执和幻想。

是啊,我太爱幻想,总是把一切想象得太美好。在这种美好的幻觉中,我看不到残酷和风险。你已多次提醒,我却置若罔闻。很多次,现实都验证了你的正确,可我依然如故。今天,我不得不承认,我的确很固执。原来,我总是把这种固执冠以执着的名号,其实,这不是执着,简直是迂腐,一种极端的迂腐。

曾经那么狂傲地认为自己从不会受世俗的影响,从不会受名利的诱惑,狂热地固守着,于人于己,独善其身,问心无愧。可今天,我于心难安,问心有愧,而这种愧疚是因为你。

此时此刻,我的心好痛……这种痛,不是因为金钱的损失,而是缘于对自己无情地否定!看来,我不得不重新评判和审视自己。

其实,你或许不明白,我的固执是为了给你一份惊喜,谁料想却让你反受其害,在此,我由衷地说一声:对不起,连累你了……

人的错,大概许多都是源于"浮名"罢,而我又如何能将它换成浅斟低唱?

情愿

此刻,我的心被一种少有的愉悦和宁静充溢。

阳光让天地灿烂、明朗,室内也是洒脱的亮白。在茶香氤氲的袅袅中,在缓缓流淌的音乐里,手捧一卷泛黄的书稿,拒绝现实的喧嚣与嘈杂,在纯粹的文字中沉醉。

这感觉真的好美,美得直达灵魂深处。

灵魂的愉悦,是孤独时你的倾听和我的低语。你是我前世的知己,从淡淡的墨香中款款而来,一身婉约、淡定,一袭幽香、清雅,不带尘俗,不染物欲。

千遍万遍,轻轻地把你翻阅。读你时,灵魂相拥的感觉让我迷醉,那份遥远的相知,又点燃我执笔书写的激情。

尽管这份相知在物欲的现实中是那么可笑、虚无,而我心甘情愿在这种虚无中,任由我的情感抑或情绪在时光里蹉跎、流逝。也只有你,可以在岁月的流转中,隔着遥远的距离,真实地感受到我的失意和叹息。也只有你,可以让我无所顾忌地放纵自己。

与你,隔世离空,但我仍然愿意不厌其烦地读你,那感觉,如沐春风。

情愿这么沉醉,一生如此。

遇见

这个夜晚,月亮躲进了云层,而我的心却洒满了清辉,柔软,愉悦。

这份美好的感觉来自一位女子。

与她的遇见,注定了这个夜晚不平静,而不平静的结果就是在波涛汹涌的辗转中,我再一次失眠,而失眠的结果就是有了这篇文字。

她比我的年纪小,在这里我没有用妹妹而是用女子。我觉得妹妹是狭义的,而女子却丰富多了。她身上具有南方女子的韵致,温柔,清雅。

我是无意中走进她家的。也是在无意中,那份相知后的感动和沉醉悄然在我的心头荡漾。

她一直喜欢并留意我的文字。

坦白地说,我不敢称我写的文字便是文章,这绝对不是谦虚,而是不够自信。我一直坚持认为,我那些所谓的诗歌或散文的文字,其实就是把中国的方块字通过我笨拙的思维堆砌在一起,我不敢幻想能打动别人或引起他人共鸣,只求书写之后的那份愉悦和满足,抑或是能够感动自己。没想到,我空泛的文字不仅引起了她的共鸣,居然还走进了她的心里。那一刻,似有一股强大的气流把我抛向了半空,我竟有些云里雾里不知所措。

我一直很自信地认为,我朗诵自己的文字会比别人朗读得好,在对文字的理解、语感、语速、情绪的渲染等方面别人会逊色于我,可我万万没想到,我的文字被她充满磁性的声音和抑扬顿挫的语调演绎得那么美。那一瞬,我被深深地感动了。我的感动不是因为自己的文字,而是因为她赋予文字的激情、灵性和色彩。是她,让我的文字有了生命的质感。她专注,感性,充满了穿透力与凝聚力;她对情感的表达,对文意的表述,对作者写意的理解,甚至是对一个标点符号,都有那么深刻和精准的感悟。在那个阴郁的夜晚,一种被认同、相知的感觉似涓涓溪流在心间悄悄流淌,又仿佛一道耀眼的光芒,透过我心灵的窗户照射进来,使我的心顷刻间亮堂,温暖。

我庆幸,我的文字幸好有她。这样,我孤独码字的辛劳,终有了一份回报,一份被认同、理解、相知的回报。

这是文字的遇见,是两个心灵的契合和相握。

在等闲中

人生一世，草木一秋。此话听起来有些无奈，抑或是老于世故的感叹。是啊，光阴总是在不经意间将我们抛得远远的，当我们扭过头来展望身后的一切时，除了已然模糊的脚印，除了无奈和伤感，还有什么？

半梦半醒也只是睁眼闭眼之间，人生已经过半，但我依然稚气得不知天命何为，至于老于世故，那真是有些抬举自己。那渐行渐远的岁月，在时间长河的淘洗中，终归是什么都没留下，那些曾经有过的理想，那曾经在激情澎湃时对自己发过的誓言，那少年不识愁滋味的无知无畏，如今已随风飘散，余下的也只有"因等闲——而白了少年头"的落寞和惆怅。

说到底，我只是个俗人。我总归是很难做到宠辱不惊、去留无意的超脱。生活在这个物质的世界里，人的精神生活是不会那么纯粹和干净的。所以，困惑、纠结、痛苦让人挣扎其间，让人行退两难。在这样的状态下，我只有选择逃避，躲在自己狭小的精神世界的笼子里，独善其身。可是，我依然是独居，形影自愧。

我真的很惭愧。面对天地的惠泽，面对父母的恩情，面对骨肉亲情的爱，面对朋友的赞誉，面对我得到的这么多，付出的那么少……我汗颜,羞愧,我拿什么回报呢? 除了我的身体,我还有什么?

所以,为了心安,为了所谓的独善其身,我把自己封闭起来,给自己找了一个冠冕堂皇的理由:看书,听乐,喝茶。独自享受这份所谓的高雅和寂寞,在自己的天地间,优哉游哉地生活。常自嘲"自古圣贤多寂寞",看我,虽非圣贤,但也能耐得住这份寂寞。现如今,在这嘈杂、物欲的社会里,又有几人能做到这些呢? 其实,这纯粹是一种意念上的自慰,说到底,是一种逃避的行为——对社会的逃避,对责任和担当的逃避。

多么渺小而又懦弱,多么卑微而又敏感的内心啊!

我为什么要说"因等闲——而白了少年头"呢? 其实,等闲也是需要一种心境的,这是一种无欲无为的心境。在等闲中,让自己的身心轻松、愉悦,让精神处于一种恬淡的状态。在一本泛黄的书卷里,在一盏氤氲飘散的茶香里,在缓缓流淌的天籁之音中,在清风明月、雨雪暖阳的亲润朗照中,在沿途旖旎的风景里,等待、享受那份闲适的好时光。

只不过,在这样的等闲中,我无所作为地蹉跎了岁月,因"等闲而白了少年头",愧对这美好的一切,徒留落寞和惆怅而已。除此,还能怎样呢?

我总是幻想着有一处清凉而干净的世界,可是,在哪里呢?

文学应是清凉而干净的,所以,我喜欢文学,尤其是诗歌。我对诗歌的敬畏、仰望和陶醉,只缘于它的美妙和魅力。所以,我断断续续写了很多,但从没指望它能为自己谋取些什么,它是我精神的伴侣,可以倾诉的知己。当然,我也希望能写些开启人们心智、激扬人们斗志、抚慰人们精神的文字,怎奈我心力不足,资质欠缺,只能平庸地写些聊以自慰的文字罢了。在此,我要深深感谢经常看我文字的诸君。

"读万卷书,不如行万里路。"面对如此闲适的好时光,多给自己留些美好而永久的记忆,将万物万象之大美,尽收眼底,揽入怀中。如此这般,此生何憾啊。

所谓"恬淡适己,身心自在",这才是我真正需要的心境。为此,我依然会义无反顾,追寻不止。

此时,夜深人静。追怀往事和青春,趁着今夜风轻云淡、月明朗照的佳境,让过往随风飘散吧。而后放眼远方,定然会风光无限美好。此刻,就让我在这静美的世界里,在无人喝彩的深夜,在等闲中,为自己送上一份随心的祝福吧:愿时光静美,岁月安好!

心事悠悠

一

你走的那天，我竟然没随车去送你，我害怕你远去的背影会带走我的眼泪。那天天气晴朗，可我的心却愁云密布。回到家，偌大的房间将孤独的我紧紧包裹，刹那间，心被掏空似的抽颤不已。那一刻，我从未感到如此的落寞和无所适从……

这次回家，因为你有太多的应酬，我俩竟没单独坐下好好聊聊，每次谈话涉及的内容都很不愉快，我无法理解你做出的决定，面对你情感上的无奈和痛苦，我是那么的无助。为了表现你的坚强和骄傲，你在我面前故作快乐和幸福，可我分明感觉到了你内心的苦痛。

一直以来，我始终认为你是我的知己，可不知从什么时候开始，我们的意见有了很大的分歧。或许，我的思想、观念以及对人生的看法已经落伍，已然跟不上时代的节奏，但对生活的态度、感情的理解、常人的认知我依然坚持我的判断。不是我戴着有色眼镜去看待一些人和事，而是你太过善良和情绪化，有时简直善良得让人无法接受和理解。我承认这个世界存在着很多值得让人颂扬的美好，可对于丑恶的人和事来说，无论你冠以怎样美好、华丽的辞藻，也终难抹去它的丑恶，所以，你的善良理所当然地被他人看成软弱、可欺。

我曾说过，你不是救世主，你所做的一切并不是善主之为，不要以为你的善良能感动他人的良知。其实，真正该解救的是你自己，因为，最终受到最深伤害的却是你，不是吗？

你依然是我人生道路上的知己！你依然是我的骄傲！你身上那种正直、善良、宽容的品德依然是我内心最幸福的感动！

二

今天你走了，我的心依如上次再次被掏空，又一次经历了抽颤不已和落寞的伤感，真的不舍你走。

人生若只如初见。此时，想起了与你最初的相见，是那么的平常、平淡，没有丝毫的惊奇、惊喜，我们似乎是早已熟知的朋友，没有距离、陌生，一切是那么从容、淡定。当我们的手握在一起的时候，我似乎感觉到了那种情谊的温度。真的，我们之间有着那么多的相似，那么多的默契和那么多的心有灵犀。

每次想起你冒着风雪来看我的情景时，我的心里总充溢着幸福的感动，此生有你这位朋友，我真的很快乐、很满足。

很多人都理解不了为什么我们能成为朋友，并且是知心的朋友。是呀，太多的俗念束缚了人们的行为，而不被约束，自由、散淡、洒脱就是我对生活最真实、最美好的追求。你的学识，自然流露的气质,丰富的情感以及你所表现出来的骄傲使我俩成了知己。

　　这次见你的神情没有以往那般的光彩,我隐隐有些担忧,你说近来总被莫名的疾病所困扰,听后,一丝淡淡的伤感油然袭上心头。我总是劝你要学会放下,工作固然重要,但身体更重要。希望这次你能听从我的劝告,善待自己,把身体养好。其实,名和利不过是过眼烟云,剩下的只有自己的身体,健康的体魄才是上苍赐予我们最大的恩惠。

　　最想说的还是那句话:你是我今生最美的相遇,认识你,真好!

夜深沉

慧突然打电话给我,电话里我听到她压抑哭泣却又试图表达的声音,我预感不妙,就让她暂不要说话,等我过去。

慧是我的一位年轻朋友。她聪明,漂亮,少言寡语,孤傲清高,说话尖酸刻薄,不易与人相处。但时间长了,你会发现她善良,诚实,率真,是个简单透明的人,我一直把她当妹妹看待。

我急匆匆地从家里赶过去,远远地见慧在一处幽静无人的地方呆呆地站着。四周灯光昏暗,柔弱的她更显孤独、无助。我一阵心酸,忙走上前轻唤一声,她回过头来,脸上挂着泪,我顺势将她抱紧,她无声地哭泣,身体微微颤抖。许久,我们一句话也没说,等她慢慢平静下来,我才知道她痛苦的原因:原来,她父母这几天正在闹离婚,男朋友也向她提出了分手,顷刻间,她觉得万念俱灰,这个世界再没有可信赖和理解她的人,她简直想一了百了。

她慢慢地述说,说她从小到大的心路历程、内心感受,说得最多的是她父母不和给她带来了怎样的伤害,她怎样在父母争吵的阴云下长大,她渴望理解、渴望爱、渴望温暖……说实话,认识慧这几年以来,我一直觉得她好像被一种淡淡的忧愁笼罩,她孤僻冷傲,甚至有些偏激,她的言辞、行为总是与众不同。我本无心去揣摩她,更无意走进她的内心,可今夜,和着她的痛苦、泪水还有莫名的感动,我走进了她的内心。这是一颗伤痕累累的心,一颗渴望爱、渴望温暖、渴望理解的心……

面对慧的痛苦,我一筹莫展,无所适从,只能笨拙地以此种方式来记录她的心声——

也不知从什么时候起,你突然厌倦起生活来,厌倦家庭、社会、人,总之一切的一切……也许是你突然意识到人世间一切美好的东西统统不存在的时候,失意、茫然、孤寂、冷落、绝望紧紧包裹你的时候……

在你的心中,你一直将父母作为心中的神膜拜,尽管这是一对貌合神离的父母。你将泪水咽进肚里、强颜欢笑,将爱心全部奉献、将希望寄托在父母身上。也许正是因为这诸多的不幸,你才加倍爱你的父母。但是,你却把爱深藏在心里,父母所接受的是你表面的冷漠,你知道父母一辈子都在受煎熬,为了儿女忍耐、克制,将痛苦深埋在心底。这一对伟大、无私,而又痛苦不幸的父母啊,你们可曾想到,做儿女的怎能接受这血泪交织的爱呢?因为你接受不了这流血的爱,所以,你才有痛苦、忧伤、烦恼。对待社会和人,你总是那么尖酸刻薄,你的所作所为,亲人、朋友、同事都不能理解,你也不敢奢望别人的理解。大千世界,芸芸众生什么都有,唯缺理解。你的大脑被父母的不幸所占据,再也塞不进其他的东西,父母的不幸像电影中的某个片段,深深地定格在你心里。你时常怀着一种美好的愿望去劝说父母,但结果却适得其反,父母不仅不理解你的苦心,却更加痛苦、忧伤,因为你的美好愿望更加刺伤了他们,无奈,你只好哀之悲之,但你仍不死心,你

仍想用你的苦情打动父母,用你的青春做血本,用你的感情做代价。许多年以来,你就是这样,怀着痛苦的心理极力想把父母的心组合在一起,但是,事与愿违,他们就像两条平行线,无论怎样延长,也只是平行,而不能相交。你别无他求,但求风平浪静,哪怕是可怜的表面平静,都让你觉得踏实、安宁、有归宿感。父母的任何变化,无时不在牵动着你那脆弱、敏感的心。现在,他们正朝着正反两个方向迅速分离,顷刻间,你只觉得天崩地陷,你好像要失去一切,你痛苦、烦恼不能自拔,就像是一个溺水的人,拼命挣扎,却不能上岸。

你那本是伤痕累累的心又受到了更大的创伤。三年的感情说散就散,恋人的心说变就变,这世上还有什么可信赖的?万般无奈,你只好收拾起一颗破碎的心,将绝望的心冷却、埋葬,用一种无望和颓丧的神情,去面对惨淡的人生。然而。在这样一种雪上加霜的情形之中,纵然你欲使出一股顽强的勇气,可是,残酷的现实又将你那廉价的勇气击得粉碎。当你那可怜的毫无价值的勇气失去之后,除了一架僵硬、麻木、无感觉的躯壳和没有思想的大脑,你一无所有。这公平吗?不公平!你甚至连倾诉的人也没有,无奈,你只有去找一处无人而又绝对安静的地方,对着蓝天和大地来诉说你的不幸,发泄你的不满。然而,蓝天依然是阳光灿烂,一碧如洗;大地也依然是山清水秀,春光明媚,都没有丝毫的震颤。尽管你那苦涩的泪水浸湿了脚下的大地,可身边的小河却又卷走了泪水,依然将痛苦和不幸留给你。

身边的小河在欢快地流淌,潺潺的流水声更激起了你无限哀伤。这时你又想到:为什么河水永远不会干涸?因为它总是不断地向人们索取鲜血和眼泪,当你流尽了鲜血和泪水之后,它又用欢快的流水声回报你。想到这里,你不禁毛骨悚然,原来小河也是这样残酷无情。怀着一颗更加冷漠的心你离开了这里,当你回头看时,在你刚刚站过的地方,由于你那装着太多太多痛苦和忧伤的沉重的身体,致使大地经受不住,留下了两个深深的脚印。

当你没有了勇气和泪水之后,也就没有了痛苦和忧伤。面对茫茫大地,苦难人生,你不知该怎么办,你感到没有去处,像个梦游者,又像个流浪儿,四处漂泊,你想有个栖身之地,可哪里又是你的归宿呢?于是,你想到了死。当萌生这个念头时,你不寒而栗,也只是一会儿,你就觉得轻松了,像卸下了沉重的包袱,你确信这是解脱的唯一办法。

在一个月明星稀的夜晚,你决定告别这个世界。

那天晚上,你把家里打扫得干干净净,然后洗了个澡,换上了漂亮的衣服,跟父母、哥哥姐姐们打完招呼后就出门了,谁都没有发现你的异常。当你走出家门,来到河边,只见月亮高高挂在天上,月亮好圆好大,月光皎洁、明朗,万物都被笼罩在如水的月光中,天地一色,朦胧虚幻。在这样的良辰美景里,你的心情格外平静,往日的痛苦和烦恼被丢弃在脑后,慢慢地,你开始留恋这个世界。你似乎觉得生活中不全是痛苦和烦恼,也有美好的事物,譬如这月色、这山、这水、这树木、这花草。这时,你想到了不幸的父母,想到了父母的养育之恩,想到了手足之爱,想到了自己正值青春年华,想到了人世间还有那么多的美好令人向往和追求……那一刻,你为自己愚蠢而荒唐的举动感到羞愧和不安。可是,回到战争频发的家里,你又觉得窒息、迷茫、绝望,你不知如何是好。

在这样一个夜晚,一切都已沉睡,既没有星星月亮,也没有狂风暴雨,四周静悄悄的,甚至有些害怕,我紧紧地将你抱在怀里,任你冰冷的身体在我怀中颤抖,听你如泣如诉的哀婉悲绝……此时此刻,任何语言都难抚你彻骨的伤痛,只有紧紧地拥抱你——在这无人的深夜。

独白

　　夜已经很深了,在这空旷无人的街上,只有我踽踽而行,漫无目标。此时静极了,甚至有些怕人。路两旁树丛里的秋蝉却不甘寂寞,此一声彼一声地叫着,似乎在向昏暗的夜空张扬美丽的歌喉,无奈,毫不领情的夜空依然昏暗、阴沉。

　　起风了,丝丝凉意向我袭来,我不禁打了个冷战,抬眼望,午夜的灯光写满了寂寥,更添了我的愁绪。孤独、茫然将我裹得紧紧的,此时,我欲往何方?

　　想起你,我的心又开始隐隐作痛,你流泪的样子总在我的眼前浮现……时至今日,我都无法原谅自己,我居然说出那样的话,我没想到你的反映是如此强烈。你伤心至极,泪流满面,你痛苦而又委屈地说:“我知道你是在指责我,是的,我没做好,但我尽力了,有些事情也是人力不可为的,这只能说明我的无能,你是了解我的,你不该在今天提及此事,尤其是在这种场合……”

　　那天,我都不知道自己做了什么? 我简直乱了方寸。其实,我绝无半点责怪你的意思,我只是发自内心地提醒和善意地指正,你为人太过善良,太过厚道,太过诚信。诚然,你的这些优良品质是我积极崇尚和欣赏的,但当今社会,尔虞我诈,你很容易受

到伤害,我只是担心你,我真的希望你身上多一些霸气,做事能够独断专行,因为你所处的位置不同,角色不同。我真的希望如此。

那天,我肝肠寸断……

你走的那天,我竟没去车站送你,出门的时候,你只是朝后挥了挥手,竟头也不回,可我分明看见了你眼眶里溢满了泪水,我又何尝不是如此呢?写到此,我已是泪流满面……

昨夜,我做了一个梦,你实现了自己的愿望,我欣喜万分,前去道贺,总算是心如所愿,可你并不开心却心事重重、愁肠百结,我欲解不能,直至梦醒……

你曾说过,在这个世界上,我是唯一能够理解你、懂你、爱你、关心你,甚至无怨无悔为你付出的人。我听了很感动,至少,我为你所做的一切,你心知情知!

原谅我那天所说的话。

无题

　　人有的时候真的很无奈、迷惘，甘被世俗所束缚，甘为情、欲所困惑，对理想、情趣、爱好的追求让人苦不堪言，明知这一切遥不可及，却还固守那一份执着，为此付出青春、快乐还无怨无悔！

　　看来，我终不能完全了解"你"，"你"把自己裹得太紧，藏得太深，罩得太密。尽管如此，我还是竭尽全力，满怀信心、充满希望地去接近"你"。"你"呢，既不退避，也不拒绝，更不热情，让人捉摸不透，正因如此，我才不愿放弃我的追求（尽管其中有着太多的失望和痛苦）。

　　记不得什么时候，我只记得，那天的阳光灿烂，天空很蓝，像染过一样。蓝蓝的天上游动着几朵白云，空气很新鲜，像刚挤下的牛奶……总之，那天的天气好美，好美。或许是与天意有关吧，带着一种说不清、道不明的心理，我去了"你"那里，和原来一样，"你"在"你"那很深很暗的小屋里迎接我，竟舍不得走出小屋，所不同的是，"你"有了几份的热情。仅这一点，就让我兴奋、激动，似乎还有点儿满足。

　　然而，当我认真地去看"你"时，怎么也看不清"你"的面目。哦，"你"把自己封闭得太紧，在我眼前立着的是一个模糊不清、又

251

高又大的"你"!

那天,"你"太高……太大……

不知为什么,"你"竟领着我走了很多地方,而我也莫名其妙地跟着"你"。那又是些什么地方啊:高、陡、险、峻、峭、弯、曲、幽、深、阴、暗,荆棘丛生……惊恐、惶惑、不安、疲倦、难言裹着我,好几次,我都支持不住而摔倒在地。"你"无言无语,头也不回,在前面站着,那神情悠然自得,无半点怜惜之意。等我艰难地爬起来,"你"又接着往前走,无奈,我只好忍痛又跟在"你"后面。好狠心好狠心的"你"哟。那天,在心里我不知骂过"你"多少次。往回走时,天又正好下起雨来,夹着微微的风,凉丝丝的,心更冷了。

"你"送我走的时候,比我来时多迈出了一步(也只是走出了小屋)。告辞时,我说:你看,我还要来吗?还要追求吗?"你"没有回答我,仅只是笑了笑,也可能没笑……

哦,那天"你"一句话也没说,又似乎说了很多……

这段文字缘于一段梦境。

我费七八咧地说了这么多,似乎都是废话,似乎是故意跟读者打哑谜,不错,连我自己都觉得是,再或许,是我的表述有问题。其实,我想表达的是:无限风光在险峰。世间万物有很多美好的东西不是人人都能轻易得到的,你付出多少便会得到多少,所谓一分耕耘一分收获。也许你会说,我的付出与收获简直不能成正比,我承认,这样的例子不胜枚举,很多东西也有机缘巧合在里面,譬如爱情、事业、金钱。但是,我相信,只要你坚持下去,所有的付出(不是巧取豪夺,不是投机钻营,不是损人害己)都将会得到回报。

那晚月色很美

是的,那晚的月色真的很美。

本来我们约好了中秋之夜一起赏月的,可你因为种种原因不能如期而至,为了践行我们的约定,两天之后你还是风尘仆仆地赶来了,你说:十五的月亮十七才圆呢。为了避开喧闹和嘈杂,我们拒绝了朋友的聚会,叫了外卖,在我家三楼的阳台上摆上一张小圆桌,我们准备了月饼、水果和红酒。当夜幕被完全罩上一层浓浓的面纱的时候,我们就开始了月光晚餐。

此时,万籁俱寂。月亮还未升起,天地一片昏暗。在微弱的灯光下,我们喝着红酒,吃着月饼。你说,在这喧嚣、浮躁的社会,难得有这样一个宁静之所,不受约束,可以随心所欲,可以放任自我,今夜,就让我们抛开一切尘世的俗念一醉方休吧。那晚,因为我要开车接孩子,所以不敢多喝,其实,真想与你同醉,尤其在这样一个宁静的夜晚。

酒到微醺,你竟然诗兴大发,朗诵起了苏轼的《水调歌头》:明月几时有?把酒问青天……我也来了兴致附和道:举杯邀明月,对影成三人……这时,你突然惊喜大叫:快看,月亮出来了。不知何时,月亮已悬挂高空,脸上似蒙上一层红晕,显得羞羞答答,不够明朗,你立即关灭了灯光。瞬间,一片迷蒙,倒更添了夜的神秘。但只一会儿,月光就变得皎洁明朗,清澈透明。因为是在三楼的阳台上,四周无遮无拦,只见月色一味洒脱、干净,看着那空灵的月亮,仿佛有今夕何夕之感。

毕竟已是仲秋,一阵凉风还是让我们感到了丝丝寒意,面对如此良宵美景,我们又怎么会舍得离开呢？我说:古有曹操和刘备青梅煮酒论英雄,今有你我把酒赏月吟诗文。你说:是呀,今夜就让我们浪漫一回,尽情享受这清风、明月和美酒吧。"花间邀知己,月下吟诗文。忽然彩蝶至,惊醒痴梦人。"你轻声吟诵着我写给你的这首打油诗,你说这个美好的意境一直都是你所期待的,今夜终于实现了,人生如此还有何憾呢？

那晚,苏东坡、李清照、辛弃疾等一些遥远的古人以及他们的诗词在那个美好的时刻,穿过时空的隧道,在清风、明月和美酒中鲜活了起来。

那晚,我醉了,但不是酒醉,是心醉。

那晚,天上的月亮好圆、好大……

这个冬天不再寒冷

赏雪的时候身边最好有个人，而那个人一定要是知己。

预知有一场大雪要来临，我们就提前约定，一定要在一起赏雪。此时，我迎风冒雨奔驰在高速路上，没想过路途的遥远，没想过是否会被大雪阻隔回家的路，只为如期赴约——和你一起赏雪。

晚上，雪花如期而至，只是没有想象的那么美好，细细的雪花夹着雨水从天而降，我俩站在六层的楼上倚窗远望，期盼着漫天的大雪将整个世界覆盖，期盼着一个银色的世界出现在我们面前。

夜色渐浓，万籁俱寂。就这样我们依旧痴痴地望着，雪花依然是细碎的，只是没有了雨点，凛冽的寒风肆意地张牙舞爪，细碎的雪花也不甘寂寞，在空中轻盈地飘舞。雪花，你这天空的精灵，因为有了你的舞动，这个寂静的夜晚才有了生机。

窗外冷风瑟瑟，窗内温暖如春，在这个冷暖两知的世界，身旁有知己陪伴，听着音乐，品着香茗，在暖洋洋的房间，惬意地欣赏外面那飞扬的雪花，这种心境如同在美丽的春天欣赏冬天的浪漫，那该是怎样的一种愉悦啊。

此时更深夜静。你说,干脆明天早晨再看吧,说不定起来一睁开眼就看到一个白茫茫的世界。尽管意犹未尽,我们还是慢慢地进入了梦乡。梦中那漫天的大雪正飘然而至……

　　早晨醒来睁开眼一看,雪却停了,还是原来的样子,没有我们期待的银色世界。尽管如此,我的心却没有一点儿遗憾,因为,那美丽的、纯净的世界已经留在了梦里,和知己在一起的那份愉悦和美好根植在了心里。

　　这个冬天因为有了你的陪伴而变得美丽,这个冬天我不再觉得寒冷。

绽放

　　第一次听这首歌是去年的八月，你回来给我带回了一盘碟，你说里面有首《绽放》，你很喜欢听。那时候你正处在感情最低谷的时候。

　　那天，我记得是个有雨的夜晚。雨下得不大，我驾着车，就我们两人。在一个人迹稀少的路上，车慢慢地行驶着，里面轻轻环绕着《绽放》这首歌。这是一首很有味道的歌，演唱者声音独特，嘶哑，低沉，很有穿透力。所以，听起来就更有一种特别的味道。我们默默无语，静静地听着。在这样一个有风有雨的寂静的夜晚，我俩共同品味着这首在黑暗中绽放着生命、绽放着激情、绽放着疯狂的关于爱情与伤感的歌曲，该是怎样的一种心境啊。

　　此时，雨渐渐大了起来，雨点敲打着车玻璃，路两旁那昏黄的灯光冷冷地折射着冷清的路面，车继续慢慢前行。突然，我听到有轻轻哭泣的声音，我停下车来，扭头一看，只见你泪流满面，伤心欲绝，我无言无语，拉过你的手紧紧地握着。此时此刻，任何语言都显得那么苍白、无力。"为什么会这样？为什么？"你喃喃自语。"这不是你的错，你无愧于己，无愧于心，更无愧于人。"我轻轻劝慰。

滋养

　　那天，在那个有风有雨的夜晚，我驾着车，身旁坐着伤心的你，一起听着那首伤感的歌曲，直到深夜。

　　今天，当我再次听到这首歌的时候，我的心依然被震撼敲打。绽放，是生命的一种姿态，是那样的强大。

258

倾情笔墨始为真

——读胡光明散文集《且自行吟》有感

案头是五闲居士（胡光明）准备出版的散文集《且自行吟》的书稿,居士说我是个敢于说真话、敢于提意见之人,所以就让我帮忙校对、纠错,并提宝贵意见。我知道居士是谦辞,但我还是有些诚惶诚恐。一来,居士饱读诗书,满腹经纶;二来,我才疏学浅,做事随心随性,恐辜负居士厚望。难辞之下,我想这也是一次学习的机会,便欣然应允。果不其然,读罢,不忍释卷,由衷钦佩与感叹居士学识之渊博。文中,或旁征博引,或借古喻今,极富哲理,引人深思,诙谐幽默,妙趣横生。顿觉,清风拂面,细雨润心,似有清泉洗尽浊物之感。掩卷沉思,"倾情笔墨始为真"涌上脑海,流于笔端。

细细咀嚼,《且自行吟》贵有四味,即真情,真爱,真心,真性,此四味乃此书之精魂。

真情

家园、故土是居士感情和精神寄托的所在,那里的山山水水、一草一木,无不唤起他童年的美好记忆:"但,就是这竹林,也让我充满许多美好快乐的回忆。它是我童年的乐园。春天,春笋拔节,一群孩子守着看,拿草棍去比量,一守就是半天,可怎么也没看到它长高,但你又可以听到到处都是窸窸窣窣生长的声音。"回忆中充满着孩童的稚气和天真。

"当生命的轨迹滑向60的时候,当我想在自己最喜欢的地方一栏中着笔的时候,我却不经意地添上老房子三个字……我告诉老房子,等等我,60岁之后,我还要回来的!"(《老房子》)在这所生于斯长于斯的老房子里,留下了作者深深的眷恋和不舍。

《清风岭上》《我家的国槐树》《红檀树》《我爱我家》等等,细细品味,居士对家乡的真情无不让人为之感动。

真爱

世界上有一种爱是伟大而又无私的,那就是母爱。可是,当父母垂垂老矣,风烛残年,我们又该怎样回报父母呢?哄哄母亲!

"这一年来,我要求自己一月至少回三次农村的家,和母亲说说话。但多数时间是自说自话,我说的母亲没听懂,母亲说的我也没听懂。尽管如此,彼此还是说得很开心,我从母亲的表情中能够感知到。哄哄母亲,这也是报答父母的养育之恩。俗话说,羊有跪母之恩,乌有反哺之义,人更应该牢记父母养育我们的不易,给他们一点儿快乐难道不是做儿女的应该做的吗?母亲笑了,很灿烂,我也跟着笑,想起小时候,心中暖暖的。"(《哄哄母亲》)居士对母亲的赤子之爱跃然纸上。

"我一向是不太相信祈祷有什么作用的,也因此,我入庙、进佛堂,也从不拜神、求佛……现在,我要把我的祈祷献给所有长辈,特别是我的父母,我的妻子、女儿。"(《祈祷》)居士是个无神论者,但是,为了亲人,他愿意相信善良的祈祷会成为现实。"我要向神祈祷,保佑我的母亲吧,保佑天下一切像我的母亲一样的善良的老人,让他们长命百岁、健康快乐! 保佑我的妻子、女儿,我和妻子结婚已三十年有余,我们有过争吵,但更多是相亲相爱的日子……我的女儿,一个远在深圳,一个近在眼前,她们都很努力、孝顺,她们也都是我时时牵挂着的人。"(《祈祷》)字里行间,对父母之深情,对妻儿之真爱,对朋友之真诚感人肺腑。

真心

七月本是火红而又热辣的,因为一位挚友的离世而变得寒冷和阴沉。

"这个七月的颜色是黑色的,这个七月,我的好同学、好朋友,也是好兄弟曾鸣走了,送别的前夜,我来到他的灵柩前,忍不住批评他不守信用,答应了回来却不再回来,一直跟在我的后面却逝世在我的前面。我痛恨老天的不公,让这么一位好人在五十四岁的大好年华就走上了不归路。我大声把发自内心的一副联语献给了他:'好同学好兄弟天下好人,天无情地无义丧我良朋'……"(《七月的颜色》)丧友之悲痛,让人潸然泪下。

"海内存知己,天涯若比邻"。作者注重友情,以真诚待之,若朋友有事相求,必尽所能相助,如有可心之物,也定与朋友共赏之。"归来,我把明善赠我的茶又分了一份给我的朋友,一份情变成两份,一份幸福变成了两份,甚至更多……"(《红茶》)因追求那种至真、至善、至美之情意而不得,所以,不免生出"千两黄金容易得,世上知己总难求"之感慨。

真性

居士是个率性之人,时有文友相聚在一起谈诗话文,如有异议,居士便不留情面直言相告,因文友都知晓居士为人,便不做计较,一笑了之。过后居士也为言辞过激而深感不安,但一遇上类似事情依然我故。"因为我这好说话的毛病,曾经受到我一位长辈兼领导的人好心指教,他总是告诫我,你就不能少说几句话吗?那些个不顺眼的事,要看到了像没看到一样,起码不能说出来。开始的时候,我也想改变自己,可是事到临头,还是忍不住要说……"(《话说说话》)足见其率真率性之为。

前不久,居士的一位同族长辈编著了一本书《新县古代诗文选注》,居士看后觉得里面有很多诗文与实际不符,经过再三考究圈其选注里有错的,便行文与其编著者商榷。当时我和另一文友劝其放下此举,以免伤了和气,毕竟编著者也是一位受人尊敬的长者,但居士认为此错不究,恐将贻误后世。"行文至此,五闲居士想要说明的是,《选注》的编者,皆是我所尊敬的名宿,本不应该妄加评论,但因为到木陵关访古的因由,而自以为是地发现了这些可以探讨的地方,如不说出,自是更对不起读者,对不起未来。而此时我也想起了一位哲人的名言:吾爱吾师,但吾更爱真理……"(《〈再探木陵关〉——兼与〈新县古代诗文选注〉相关内容商榷》)由此可见居士做人的率真和做事的认真态度。

现今,世风日下,人心不古,物欲横流,膨胀浮躁。居士于工作之余,偏于一隅,静坐"五闲斋"(书房),看书、写文,拒红尘之喧嚣,守安闲之自在,怀悲悯之真心,抒思古之幽情。对当下之乱象,唏嘘不平,愤慨难禁,唯独善其身,清凉自守。于今,实属难能可贵。

居士眼中,家乡的一草一木是他创作的不竭源泉。发现真善美、歌颂真善美,揭露假丑恶、抨击假丑恶,又是他书写的永久主题。

"今天,已到耳顺之年的我又一次站到了清风岭上,叶落归根,我知道,我的根就在清风岭。这里是我的精神家园。"(《清风岭上》)是啊,于世间万物之中,于人生百态之间,居士非常清楚地知道自己的归属,清风岭是他无法回避的根。

但美玉有瑕,因时间跨度比较大,有些文字不够严谨,难免有些随意和散乱,但终究是瑕不掩瑜。

纵观《且自行吟》,其内涵丰富、外延有张力,这不仅是居士近年来文学之路的又一次飞跃,更是他对家园、故土、亲情、友情奉上的一份浓浓的爱恋和真情。

寄情山水自然舒

——夏训清的自然山水之美

眼前是一幅幅静态的作品,但其表现的确是动态的生命,使人仿佛置身于雄伟壮阔、娟秀灵动的自然山水之中,给人以心胸顿阔、赏心悦目之美感。透过这些水墨飘香的作品,可以看出作者对山水的痴迷,对自然的钟情,这份爱,深入骨髓。

这就是夏训清先生的作品。

夏训清,字天朗,号和风堂主,1955年出生,河南光山人。现为河南省美术家协会会员、新县画院院长、大别山书画研究院副院长,作品多次参加全国性美展及学术交流活动,出版有《夏训清国画作品选》《夏训清山水画集》。

夏训清先生曾先后多次在中国艺术研究院研究生院、中国美术创作院第二届研究生班、清华大学中国画高研班研读。师从郭怡宗、张道兴、满维起、张复兴、曹建华等诸位名家。通过名家亲授,他拓宽了眼界,开阔了思路,创作水平有了很大的提高。他经常深入大自然,登山临水,体悟生活,以情入画,将秀美山水灵活融入实际创作之中,既扎根传统又大胆创新,赋予了时代气息、现代元素。空灵、飘逸、洒脱,逐渐形成了他独特的艺术风格。

我经常去夏训清先生的工作室观看他创作。在创作过程中，他气闲神定，心无旁骛，静心作画，完全陶醉在自己的创作之中。静观他的作品，行笔流畅，洋洋洒洒，脱俗清雅，笔画粗细适中，水墨浓淡相宜，色彩柔和淡雅，画面明快活泼，真正达到了画中有诗、引人入胜的意境。无不体现着他厚重而不失轻盈、温婉又不失豪放的艺术风格。

静心欣赏夏训清先生的每一幅画，自然界的山山水水、花草树木在他的笔下是那么美妙和神奇。透过这些水墨飘香的山水树木，我似乎看到了这些作品背后所蕴含的无限生机，以及积极向上的人生态度，它反映出先生与自然的亲密融合，对山水的痴迷厚爱，对生活的炽热情怀。

如今的画坛充斥着物欲、喧嚣与浮躁，但夏训清先生不落俗套，不受名利诱惑，依然保持着淡泊、质朴、乐观、积极、进取的人生态度，在几尺见方的案上默默耕耘，勤奋创作。他经常亲近山水，与自然对话，将天地之美、自然之美表现在作品之中，意境脱俗，超越自我，真正做到人、画与自然融为一体，这在当今社会，难能可贵。

超以象外，得其环中。如今，夏训清先生的创作水平虽已超然于物象之外，而得其艺术精髓，但他仍然以一颗纯朴、谦恭之心扎根于自然山水之中。我衷心祝愿夏训清先生的作品绽放出更加绚烂的光彩，走进更加完美的艺术境界。

后记

　　人活于世，难免有求于人、违心做事。而我，既不想为难自己，也不想委屈地活着。所以，除了完成一个女人所应承担的角色之外，我就像一只蜗牛，蜷缩在厚厚的壳里，外面的灯红酒绿和风花雪月似乎与我无关，在无边的遐想里，任由我美好的光阴和青春虚度。可我从不后悔，我喜欢这样的生活。面对一本书、一首曲、一盏茶、一段安静的好时光，我感觉是那么惬意、从容和满足。这是多么朴素而又简单的生活。在这个物欲的时代，面对物质的诱惑，这种朴素和简单可以约束我膨胀的欲望，让我的精神宁静；可以给我以心灵的慰藉和愉悦；可以让我心怀感恩，诗意徜徉；可以令我自由呼吸，随心书写。

　　说到书写，我这人有个不好的习惯：每写完一篇文章，看都不看，往文档一放便不去管它，写的什么，写得怎样，我也不去想，有很多半截文章在文档里一躺便是多年，待重新翻出，看到题目与开头，却一头雾水，不知自己想要表达什么。由于自己的懒散，抑或胸无大志，不求上进，所以，我的文字无关政治、名利，都是有感而发，也可以说是我手写我心吧。我一直坚持"讲真话，写真情"。唯真情实感流于笔端，倾于纸上。正如《庄子》所言："真者，精诚之至也,不精不诚,不能动人。"

平时很少投稿,一来,怕麻烦,总觉得投稿很费事;二来,我的文字都是些随心随性的东西,既不想靠它谋取什么,也不想取悦他人。所以,我的文字除了慰藉自己,就是自娱自乐。其实,说到底还是心里没底,对自己的文字没有信心。这确实是大实话,我自己肚里有几两墨水还是拎得清的,这只能说明我的水平不高,与我的写作态度是不相干的。我一向对文字充满敬畏,心怀朴素之念。所以,我要感谢自己,这么些年能一直坚持与文字为伴,慰藉流年,煮字安心。我从未想着要成名成家,尽管身边的很多人也称我"作家",我呵呵一笑,可不是吗! 我不喜欢热闹,就喜欢一个人静静地坐在家里,所以,"坐家"我名副其实。

前段时间整理文档,不小心把一个时期的诗歌和散文弄丢了,当时,甚是沮丧、懊恼、心痛。由此,我才下决心把这些文字进行整理,印刷成册,也算是对自己的一个总结,这便有了这本散文集《滋养》。

"滋养",顾名思义是润养化育的意思。我们来到这个世界,得山川草木、雨露阳光,润养了我们的身体;得父母之爱、骨肉亲情、爱情、友情、书籍以及先贤教诲,化育了我们的心灵,这些都是我们生命中不可或缺的重要元素,于是乎,这些元素便构成了我的散文集《滋养》。

我生活的小城新县,得天地恩泽,钟灵毓秀,物美人杰,我有幸生活于此。所以,我要感谢生我养我的家乡。

这一生能与文字结缘实乃我之万幸,这是一种精神的滋养。是文字让我乏味的生活充满了妙趣;是文字让我开阔视野,开启心智;是文字让我结识了众多的文朋诗友;是文字让我觉得时光安静,岁月安详,人生安逸,内心丰足。

《滋养》一书,即将付梓。在此我要特别感谢陈峻峰先生,他不嫌我文字的单薄和粗陋,欣然为此文集作序,并在文集整理的过程中,提出了许多宝贵的意见。先生于我,可谓良师益友。

我要感谢的人很多很多,足可以串起长长的一串儿,请让我铭记心底吧。正如陈峻峰先生所言:身边的山水,足够滋养一生;身边的人,足够深爱一生;身边的物事,足够写作一生。

是啊,身边的山水和人,过往的物事,足可以滋养我一生,而我也愿意倾情一生书写。

2017 年 7 月 7 日　新县